감사와
기적이 가득한
귀향길

감사와
기적이 가득한
귀향길

노희영
산문집

생각나눔

프롤로그_ 책을 내며

✒ 2018년 여름에는 유독 찜통더위로 허탈함과 무력함이 한꺼번에 몰려든다. 이제는 손끝도, 마음도 털고, 생명의 잔재마저 털어야 하는 시점인데 아직도 미련 때문에 쓰레기 조각같이 흩어진 기억들을 긁어모아 세상에 뿌리고, 맘속에 남은 여음까지 털어내려 하니 아쉬움이 크다. 그러나 거덜 난 마음을 달래며, 앞으로 겪어야 할 곤고한 나날들을 어찌할 수 없어 암울한 허공만 바라본다.

나는 삶터에서 어리석은 자신을 있는 그대로 재생해 보이고, 생명이 꿈틀거리는 동안 겉꾸림 없이 고스란히 드러내고 싶다. 오늘이 끝나지 않는 한, 행복과 기쁨은 물론이고, 불행과 슬픔도 세상에 고스란히 전해질 터인데, 이 모두 내가 감당해야 할 몫이고 갚아야 할 빚이기에 한 틈새기도 버리지 않고 사랑한다. 이제 돌아보니 감사는 기적을 낳았고, 기적은 감사를 낳았다.

정년 퇴임 무렵 하나님께서 산문집을 낼 수 있도록 생명의 불을 붙이시고 생각의 불쏘시개를 밑불로 계속 꺼트리지 않게 하심에, 글을 쓸 수 있도록 끝까지 체력과 영감을 채워준 이웃과 세상에 감사를 드린다.

이즈음에서 손을 털어야겠다는 마음으로 아쉬움이 들지만, 내가 할 수 있는 능력의 한계가 여기까지라고 생각하며 이제는 벌거숭이 몸으로 하나님 앞에 가까이 가는 연습을 해야겠다.

정년 퇴임 무렵 첫술로 시작한 산문집 『기억의 틈새에 서서』로부터 지금에 이르기까지 흩어진 자신을 주섬주섬 모아 얽히고설킨 마음과 생각들을 기도하는 마음으로 산문집 『감사와 기적이 가득한 귀향길』을 내놓았다.

언제나 모든 게 미흡하고 어설프지만, 하나님의 마음에 더 가까이 닮기 위해 올가을에는 본향으로 가는 길가에 떨어진 추억의 낙엽을 쓸고 긁어모아 남아있는 나를 더도 덜도 말고 있는 그대로 드러내고자 했다.

그동안 상처 난 마음을 위해 기도해준 아내와 여러 지인과 언제나 눈을 떼지 않고 어디서든 환하게 웃으며 바라보시는 하나님께 진심 어린 감사를 드린다.

"그동안 사랑으로 행복했음에…."

2018. 10.
봄내에서

차 례

프롤로그_ 책을 내며

1부 행복의 시작

2부 행복한 나날

3부 행복의 끝자락

4부 만남과 이별

1부 행복의 시작

"삶터는 감사의 원초,
감사는 기적을 낳고, 기적은 감사를 낳는다."

나는 간절한 기도와 화해의 몸짓으로
스쳐 지나는 바람결이 되어
보일 듯 말 듯 가려진 너를 통해
잊었던 나를 찾고
또 나를 만난다.

삶터에서

·

·

·

✒ 한여름 무더위가 기승을 부릴 때, 한겨울 추위가 온몸을 엄습하던 때, 왜 이토록 시간이 가지 않느냐고 투덜대고 짜증을 내보았지만, 시간은 눈에 띄지 않게 지나 더위가 고개를 숙이고, 추위로 여미었던 옷깃을 풀어헤치고, 마음도 툴툴 털고 가눌 때가 어김없이 찾아왔다. 나는 왜 그토록 안달을 내며 더위와 추위를 이기지 못했던가, 시간이 왜 그토록 더디었던가, 조바심을 내보았지만, 눈부신 햇살은 어느 틈에 찬란하게 비추고, 가을은 무르익고, 봄은 내 앞에 서 있었다. 내 시간은 자연의 굴레에서 조금도 늦추거나 서두르거나 벗어나지 않았고 제 걸음, 제 속도에 발맞춰 내 앞을 이끌고 있었다.

내가 서두르고 늦춘다 해도 한 촌각도 자기에게서 벗어나지 않는 것이 자연이고 시간인데, 그 앞에서 어리석게 조바심내며 앙탈을 부려봤지만 어차피 내 시간에 포함된 한 귀틀집, 자연의 흐름이었다. 나는 시간 앞에서 나를 쪼개고, 내 갈 길을 찾아 나섰지만 피할 수 없는 굴레에서 자연을 사랑하고, 자신을 아끼며 기쁨을 나누고 즐기며 나를 꿈꾸었다.

나는 밤낮으로 일그러진 얼굴을 하고 유령처럼 방안을 거닐다가 기억의 갈피에서 누렇게 변색한 자신의 한 컷을 발견하면, 그 시간에 생각과 마음이 붙잡혀 멈춰선다. 검정교복에 낡은 모자를 비껴쓰고 텅 빈 운동장 한쪽에 소슬히 서 있는 철봉에 매달려 티 없이 해맑게 웃던 기억에서 잠시도 눈을 떼지 못한다.

어제와 오늘이 어지럽게 뒤섞인 하숙집 골방, 얼음장같이 차가운 방바닥에서 한 장의 담요로 겨울을 이겨내며, 초롱초롱한 눈빛으로 문풍지 틈새로 파르르 떨며 굴러 들어오는 바람에 그리운 추억을 만나면, 맥박이 빨라지고, 심장이 홍두깨질하여 숨이 점점 가빠진다. 과거에 대한 갈증으로 입 안이 바짝바짝 타들어가고 가슴이 저리고, 잊었던 기억들이 꾸역꾸역 되살아 줄을 잇댄다.

나는 골방 둥근 갓을 쓴 전등 불빛 밑에서 잠시 두 손 모아 턱을 괴고, 어린 시절의 그리움에 불씨를 지피며, 모닥불처럼 타오르는 환영에 시달린다. 녹슬어 너덜너덜 삭아버린 기억의 틈서리로 지난날 보문동 뒷골목 언덕길을 기웃거리며 짓무른 자신을 한꺼번에 토해내고, 석양빛이 물들어가는 빈 하늘을 망연히 바라본다.

그곳은 내가 다시는 들어갈 수 없는 기억의 유리 집, 지울 수 없는 마음의 본향. 절대 잊을 수 없는 영원한 쉼표로 낙인찍힌 곳. 무료함 가운데 모두 체념하고 벗어버린 거적때기 사념들의 움막. 태워버린 자신을 거듭 살리려고 마음에 쥐불을 놓고 주문을 되뇌고 애타게 생명의 주술을 걸던 곳. 나는 혐오스러웠던 지난날의 오만과 교만, 근심과 걱정의 편린을 털어내고, 겸손과 용서와 자성으로 기쁨과 평안함이 회복되기 바라며 삶을 한 줌 움켜쥔다.

어차피 지난날들은 사라질 그림자이고, 새롭게 이어갈 새싹의 뿌리이기 때문이다.

나는 오늘도 내가 가는 길목마다 누군가 눈을 떼지 않고 어설픈 나의 일거수일투족을 보고 있음을 느낄 때, 온몸에 소름이 끼치고, 오금이 저리고, 눈물이 흐르고, 볼이 달아오르고, 기쁨이 터질 듯하다.

그 길은 고향으로 가는 길, 오직 평안과 기쁨과 사랑이 살아있는 길, 죽음을 통해 다시 회복되는 길임을 나는 알고 있기 때문이다. 삶터는 언제나 배움이 살아 움직이는 터. 벗어나려 해도 결코 단절할 수 없는 생명의 놀이터. 고향이 눈에 아른거리는 엄마의 품 안. 나는 한 걸음 한 걸음 곁으로 걷는다. 배움이 펼쳐지고, 하루도 늦출 수 없는 길. 나는 그곳 길목에서 온갖 아픔도, 기쁨도, 슬픔도, 사랑도 배우고 끝내 죽음의 문턱에서 감사를 배운다.

이 얼마만인가?
생활의 기결수로 형기를 마치고
찾은 자유이고
눈물겹도록 그리던 내 자리, 삶터
수의를 홀가분히 벗어던지고
교도소 문을 나서는 출소자가 되니
그물처럼 촘촘히 얽힌
세상에 설익은 삶의 잔재들이
여기저기서 손을 내밀고
가까이 다가와 가슴에 안기고

북받쳤던 설움을 폭포수처럼 쏟아낸다.
나는 마음의 빗장을 풀고
조심스레 뜰에 나가
꿈에도 그리던 사랑을 속속들이 찾으면
설레던 가슴이 터질 듯 부풀어 오른다

한 마리 어린 새의 어설픈 날갯짓마다
눈을 비비는 연한 꽃순마다
울긋불긋 꽃물이 흘러내리는 산허리마다
하늘가를 맴도는 회오리바람마다
티 없이 맑고 잔잔한 웃음을 피우고
좁다랗고 둥그스름한 어깻죽지에 살며시 내리어
눈길과 생각이 맞닿는 끄트머리에서
한 송이 웃음꽃으로 태어난다

새벽녘 풀섶에 송송이 맺힌 이슬방울처럼
애정과 미움이 갈마드는데
나는 스쳐 가는 바람결이 되어
간절한 기도와 화해의 나래를 펴고
떨리는 몸짓으로
보일 듯 말 듯 가려진 베일을 통해
잊었던 나를 찾고 또 만난다.
삶터에서

내가 뜰에 나가 하루를 열면, 그 안에는 평소에 꾸던 꿈과 사랑과 생활이 호수에 비친 저녁놀처럼 만연히 반짝이며 잔잔하게 물결 따라 춤을 춘다. 내가 사랑과 감성이 꿈틀거리는 화선지에 몇 번이고 지난날을 스케치하고 지우고 색칠하며 빈틈없이 채울 때, 그 안에는 내 어린 시절이 그리움으로 가득 차고, 꿈이 살아 꿈틀거린다.

내게 주어진 한 논배미밖에 안 되는 삶터에서 쉴 새 없이 나 자신을 가꾸며 행복한 귀향길을 간절한 기도로 준비한다.

오일장과 에누리

•

•

•

📌 11월 초입, 소슬한 가을이 되면 나는 여느 해처럼 오일장이 열리는 장터로 아내와 함께 간다. 이른 새벽부터 시골에서 고약한 냄새는 아랑곳하지 않고 은행나무 열매의 겉껍질을 벗기어 뽀얗게 손질한 후, 알맹이를 비닐봉지에 넣어 좌판에 펼쳐놓은 보따리 장꾼을 만날 수 있기 때문이다.

은행 나뭇잎이 노릿하게 물들고 가을의 흥취를 더할 즈음, 길가에서 발에 밟히면 구린내를 풍기는 은행나무 열매는 행인들에게 달갑지 않지만, 우리는 가을이 무르익어 갈수록 은행 열매를 찾아 장꾼들이 몰리는 장터로 나선다.

나는 매년 시골 오일장에서 겉껍질을 벗기지 않은 단단한 은행 열매를 두서너 말 사서 김치 냉장실에 저장해 두고, 다음 해 11월까지 매일 열 알 정도를 호두까기로 껍질을 깨고 전자레인지에서 속살을 익혀 후식으로 줄곧 먹어 왔기 때문이다. 은행을 매일 빠트리지 않고 이십여 년 이상 먹어온 까닭을 분명히 설명할 수는 없지만, 은행을 먹은 이후로 잔병치레가 줄어들었고, 특히 감기와 기관지염으로부터 건강을 지켜왔음을 의심치 않기 때문이다.

은행나무는 도시의 공기를 정화하는 나무로 잘 알려져 있고, 나뭇잎이 여름에는 녹색으로, 가을에는 노란색으로 단풍이 들어 미관상 도심의 가로수로 자태가 빼어났다. 특히 열매는 식용으로, 나뭇잎에서 추출한 징코민(Ginkomin) 성분은 약재로 혈액 순환개선에 도움을 주는 것으로 널리 알려져 있기 때문에 은행이 나의 건강을 은밀히 지켜준다는 효험을 스스로 믿고 있었다. 따라서 매년 겨울을 나기 위해 주부들이 김장을 하듯이, 나는 장꾼들이 북적대는 오일장을 떠돌며 육질 맛을 더하는 굵은 은행을 찾아 나선다. 올해도 계절상 좀 이른 탓인지, 장꾼들과 내 생각이 달라서인지 한 푼이라도 값을 더 받으려고 겉껍질을 벗긴 속 알맹이와 껍질을 벗기지 않은 잘잘한 은행을 동시에 좌판에 펼쳐 놓았다.

오래 보관하지 않고 곧바로 먹기에는 껍질을 벗긴 알맹이가 실속이 있지만, 장기간 보관해두고 조금씩 꺼내 먹으려면 겉껍질 채로 보관하는 것이 바람직하다.

우리는 장터를 기웃거리다가 우연히 좌판 한 곳에서 겉껍질을 벗기지 않은 은행을 찾아냈지만, 알맹이가 시답잖게 자잘한 것들 뿐이었다.

허술한 옷차림의 좌판 주인은 작달막한 체격에 얼굴은 쪼글쪼글하니 고생의 흔적이 역력했고, 이마에는 굵은 주름이 지고, 검누런 피부에 구부정한 몸집의 늙수그레한 노인이었다. 나는 그의 모습에서 서글픔이 아려왔지만, 한편으로는 오롯이 굵은 은행을 찾으려는 마음으로 쌓인 비닐 무더기를 이리저리 들춰보았다. 내 행동에 호감이 갔던 노인은 대뜸 검은 비닐봉지를 들고 내가 손에 든 은행을 받아 담을 기세였다. 하지만 장터 마당 다른 곳에 굵은 은행이 있을지 모른다는 생각으로 좌판을 뜨려 하자, 해넘이가 가까워짐을 의식한 노인은 꿀 먹은 벙어리 모양으로 반쯤은 울먹이듯 혼잣말로 중얼거렸다.

"갔다가 다시 돌아오면 천 원을 깎아 줄게요."라며 호객하였다.

나는 들은 척도 않고 길 가운데로 길게 늘어선 가판대를 중심으로 양쪽에 벌인 좌판을 둘러보기 위해 건너편은 아내가, 다른 편은 내가 장터 끝까지 평행을 이루며 알맹이가 큰 은행을 찾아 나섰다. 그러나 장터 길목이 끝날 때까지 별 소득이 없어 보이자 나는 건너편에 있던 아내를 향해 돌아가자는 수신호를 보냈다.

우리는 곧장 잰걸음으로 알맹이는 작지만 한동안 필요한 양만큼 은행을 사기 위해 노인의 좌판으로 서둘러 돌아갔다. 노인은 이미 어둠이 깔리는 장터에서 주섬주섬 장 바닥을 정리하며 좌판을 접을 준비를 하고 있었다. 나는 노인에게 돌아가자마자 주저하지 않고 알맹이가 커 보이는 봉지를 찾아 손에 집어 들었다. 그러자 노인은 밝은 표정으로 '그럴 줄 알았다.'는 듯이 은행 봉지를 덥석 받아 검은 비닐에 담았다. 생각할 겨를도 없이 봉지를 받아든 나는 조금 전에 "다시 돌아오면 천 원을 깎아 주겠다."던 노인의 말을 생각했다. 그러나 나는 아내에게 노인이 처음에 불렀던 가격 오천 원을 모두 드리라고 눈짓을 했다. 추운 날씨에도 불구하고 새벽부터 온종일 석양녘까지 장 바닥을 지킨 그에게서 천 원을 에누리한다는 것은 그의 생존권을 갈취하고, 새벽을 깨우고 집에서 나올 때의 기대마저 좌절시키는 것 같았기 때문이었다. 천 원은 노인에게서 하루 품삯만큼이나 귀중하기에 에누리한다는 것은 어쩐지 비애처럼 느껴졌다.

세상의 이치에 따르면 "장사꾼은 더 에누리를 붙이고, 손님은 에누리를 떼야만이 이익을 얻고, 남긴다."는 생생한 삶의 현장인 장터에서 천 원이 그와 나에게 주는 의미가 어떤 것인지 다시 한 번 생각하게끔 했다. 에누리로 인해 나는 뻔뻔스럽게 세상을 향해 자그마한 만족감을 얻을 수는 있겠지만, 상대적으로 노인의 피곤한 삶으로부터 얻어낸 것이라면 결코 마음에 마뜩잖았다. 나와 그가 갖는 천 원의 의미는 확연히 다르기 때문이다.

나는 얼마 전 시골에서 도시로 이사 나올 즈음, 고서적이며 불필요한 농기구며 가구들을 한 묶음에 무조건 천 원에 떠넘기려고 흥정을 한 적이 있었다. 그러나 나의 마음을 몰라주고 무조건 공짜로 취하려 했던 시골 마을의 떠돌이 고물장수가 문득 떠올랐다. 그의 논리에 따르면 고물이란 쓸모없고 처치 곤란한 쓰레기라서 일 푼어치의 가치도 없다는 것이다.

하지만 고물이라 할지라도 누구에게는 나름대로 개인의 추억과 애정이 담겨있음을 생각한다면, 값없이 공짜로 취급하기보다 상징적인 가난한 과부의 두 렙톤(lepton)의 가치만큼이라도 쳐 준다면 좋지 않았을까 아쉬움이 남은 적이 있었다.

나는 그 같은 고물장수의 분신이 되지 않고, 노인에게 살아 숨쉬는 한 렙톤(lepton)만큼의 가치라도 되돌려주고 싶었다. 어쩌면 남들 보기에 보잘것없는 한 푼(한 냥의 100분의 1)이지만, 자신을 위해 오늘도 장터에서 좌판을 벌이고 있는 장꾼에게는 그 자체가 생활이고, 삶이고, 인간애이고, 희망이기 때문이었다.

은행 한 봉지를 받아들고 두말없이 오천 원을 선뜻 건넨 우리의 뒷모습은 아마도 노인에게 세상 물정을 모르는 어린아이처럼 보였겠지만, 한편으론 흐뭇하고 따뜻한 인간미가 그의 마음에 남지 않았을까?

노인은 자신이 했던 말이 기억났던지 우리 등 뒤에 대고 웅얼거렸다.

"천 원을 깎아준다고 했는데…."

그러나 그의 가느다란 목소리에는 어둠이 내리는 장터의 아쉬움과 더러는 남모를 고마움이 녹아 있었다.

나는 그 후로도 오일장에서 알맹이가 크고 껍질을 벗기지 않은 굵은 은행을 찾아 나섰으나, 자잘하고 겉껍질을 벗겨 속살을 드러낸 은행만이 좌판에 덩그러니 한 줌의 가을볕을 쬐고 있었다. 나는 빠르게 달려오는 겨울 발걸음 소리를 들으며, 은행 열매를 구하지 못한 나머지 초조해진 내 마음에 은행을 팔던, 노인을 향한 연민의 정을 오랫동안 느꼈다.

공수래 만수거(空手來 滿手去)

·

·

·

✒ 예로부터 사람이 살면서 가장 중요하게 여기는 두 가지 화두는 말할 것도 없이 삶과 죽음이다. 그래서 사람들은 이를 두고 해석과 이해가 분분하다. 사람들 대부분은 삶의 허무에 관해서 이야기하고, 죽음을 결코 피할 수 없는 삶의 막장으로 규정했다. 이에 관해 흔히들 말하기를 "인생은 공수래공수거(空手來空手去)", 소위 빈손으로 왔다가 빈손으로 가는 거라며, 인간이 어떻게 살다가 어떻게 죽는지 암시했다.

사람들은 목숨이 붙어 있는 한, 세상의 금은보화며, 지식이며, 명예며, 권력이며, 헤아릴 수 없이 많은 것들을 허겁지겁 산더미처럼 쌓아 두려 하지만, 막상 생의 막다른 골목에 이르면 한 번도 제대로 써보지도 못하고 고스란히 쓰레기통에 쏟아버리는 허무한 탐욕의 삶을 산다. 그리고 공수거(空手去)라고 입버릇처럼 말한다.

죽음이 도대체 뭐길래 사람들이 온 힘을 다하여 일구어 온 흔적들을 하루아침에 버리고, 한심하게 평가절하하고, 가슴을 아프게 후벼파는가?

비록 허무한 삶이라 하더라도 지나온 생의 터널을 들여다보면 어떤 모양으로든 자신만의 고유한 무늬가 각양각색으로 새겨져 있다. 누군가는 이 문양을 보고 흠모하고 가슴에 품고 아쉬워하고 안타까이 여긴다. 왜냐하면, 죽음이란 일생 살아온 역정을 가벼이 지우개로 지울 수 있는 것이 아니라, 영혼 깊은 곳에, 하다못해 삶의 티끌까지도 세세히 새기고 마음속 깊숙이 묻어두고 묵히는 것이기 때문이다. 그런즉 죽음은 먼지같이 삶을 아쉬움 없이 툴툴 털어내는 것이 아니라, 세상에서 자신이 심고 물 주고 키우고, 뿌리내린 갖가지 추억과 마음을 붙잡고 본향으로 들어가는 천국 문이다. 곧 죽음은 생활을 통하여 이룬 자신의 형적을 새겨 넣고 귀하게 보관하는 영혼의 곳간이다. 이 때문에 인간은 살면서 늘 새로운 것들을 찾아 영혼의 밑바닥에 부단히 쌓고 가슴에 품고 사랑으로 재생산한다.

또한, 죽음은 현세에서 맛보지 못한 새로운 삶을 가꾸기 위해 준비하는 분장실이다. 세상 것 몽땅 챙겨 가지고 일찍이 맛보지 못한 신천지를 꿈꾸고 마당놀이를 연출하는 야외무대나 다름없다. 또한, 사느라 지칠 대로 지치고, 너덜너덜하게 해진 자신을 질퍽한 세상 바닥에 벗어두고, 자유롭게 노래하며 즐겁게 영생으로 들어가는 입구이다. 그래서 삶이 끝나지 않은 육신의 허기진 여행이라면, 죽음은 생의 끝자락에서 심령에 쌓은 흔적들을 고이 품고 나 홀로 웃으며 무심히 떠나는 영적 여행이다.

사람들은 일상 입버릇처럼 말하기는 가진 것을 나누고, 버리고, 내려놓아야 한다면서도 틈만 나면 삶의 독(毒)이 되는 욕심과 성냄과 어리석음의 부스러기를 모아 마음의 고리짝에 빈틈없이 빼곡히 쌓아두기 일쑤인데, 그 안에는 번뇌의 구더기가 우글거리고 코를 찌르는 악취로 숨을 쉴 수가 없다. 그럼에도 때로 인간은 걸어왔던 뒤안길을 돌아보고 애타게 아쉬워하며 미련과 애착을 가지고 세상을 풍미하려는 미혹에서 벗어나지 못하는 것이 참으로 딱하다. 하지만 언제든 고고한 비움이라는 고행을 통하여 과거에 꽁꽁묶인 자신과 세상과의 인연을 끊고 거듭남의 시간 속으로 들어가려고 한다.

알고 보면 삶이란 미혹적인 사랑도, 애틋한 그리움도, 원대한 꿈도, 꼴같잖은 교만도, 상처 깊은 미움도, 새털구름처럼 많은 근심 걱정도, 집요한 집착도, 거추장스러운 형식도, 가슴 아린 상처도, 참기 힘든 고통도, 헛되고 부질없는 욕정도, 수치스러운 마음조차도 몽땅 쓸어 담아서 거듭나기 위해 영을 밝히고 안식과 평안을 찾아 헤매는 여정이다.

반면에 죽음은 삶 가운데 알알이 맺은 소중한 기억, 심령에 새긴 믿음으로 해탈의 경지에 이르는 것이다. 곧 자신이 생활을 통해 알뜰살뜰 모은 사랑을 세상에 뿌리고, 심고, 가꾼 맑고 밝은 심령, 평안과 안식을 영혼과 더불어 시간 밖으로 떠나보내는 행로이다. 결국, 죽음은 산 자의 것이고, 삶은 죽은 자의 것이다. 그런즉, 인생은 만수거(滿手去)이다.

사람들은 생명의 소유권이 자기에게 있어서 죽음을 좌지우지할 수 있는 것으로 착각하여 현실도피용으로 여기고, 구렁텅이에 빠진 자신을 구할 수 있는 최후수단이라고 믿는다. 그러나 이러한 작태는 삶과 죽음에 대한 본질이 아니다. 죽음은 후회나 아쉬움 없이 선뜻 본향으로의 귀환이고, 상실된 자아의 완성이고, 삶으로부터 얻어낸 싱그러운 자신의 맛과 향기를 세상 밖으로 풍기고, 군더더기 없이 자신을 재현하는 것이다.

죽음은 단순히 자신의 삶이 거추장스럽다고 구겨서 버리는 망각의 보따리로, 자신의 진실이나 결백을 증명해 보이기 위한 얄팍한 수단과 도구로, 비겁한 자아 도피 행각으로 이용되거나, 죄와 허물을 벗고 면죄부를 받아내려는 마지막 카드로 오용되어서는 안 된다. 죽음은 곧 겉으로 포장하지 않은 순수한 자기 자신이어야 한다.

삶은 걸어온 자신의 발자취와 세상 것들을 모조리 빨아들이고, 죽음은 지나간 삶을 소생시키고, 영혼을 되살리고, 시들어버린 자아를 재생시키기 위한 제물이다.

내가 일찍이 살아보지 못한 시간을 꾸역꾸역 모아 엮어가는 것이 삶이라면, 살면서 일구어낸 거대한 발자취를 새롭게 담아내는 것이 죽음이다. 이 때문에 비록 오늘이 피를 토할 정도로 억울하고 비굴하고 비참해도 끝까지 나로 살아내야 한다. 죽음은 피투성이로 살아온 삶을 영혼의 돛으로 바꿔 달고 세상 밖으로 유유히 떠나는 또 다른 여정이기 때문이다.

오직 숨이 붙어있는 동안, 오늘 한날은 안식과 평안이 있는 새로운 삶을 간구하고 준비하는 시간이지만, 오늘이 오롯이 나에게 남아있는 유일한 삶의 몫이라면, 죽음은 영생을 보장하는 생명의 샘이며, 천년왕국을 회복하기 위한 첫걸음이고, 디딤돌이다.

인생은 애초부터 하나님의 섭리와 소명을 받아가지고 왔다가 하늘에 대한 사랑과 믿음과 소망으로 채워가는 것이다. 이 때문에 빈손으로 세상에 던져진 우리 인생은 죽음 앞에서 모든 것을 체념한 공수거(空手去)가 아니라, 자신이 고난과 역경으로 이루어낸 영성을 통해 사랑과 감사, 용서와 이해, 은혜와 기쁨을 한 줌 가득히 손에 쥐고 천국으로 발돋움하는 만수거(滿手去)이다.

세상과 천국의 가교

- 사랑 -

·

·

✒ 사람들이 일생 늘 갈망하며 마음과 말로 표현하지만, 여태껏 정답을 내놓지 못한 것이 사랑이다. 흔히들 사랑은 추운 겨울날 얼어붙은 버스의 후미진 좌석에 앉았을 때 누군가 남긴 따스한 체온과 같고, 얼어붙은 손을 허벅지 사이로 넣으면 손가락 사이로 녹아내리는 따스함 같고, 민들레 홀씨처럼 흩날리는 사람들의 향기로운 눈빛과 채취와 같다고 한다. 하지만 사랑은 용광로 쇳물처럼 뜨겁고 질척이는 진흙탕이 아니라, 누군가 머물었던 자리에 떨어트린 각질과도 같고, 싱그러운 솔 향기나 솔바람과도 같아 숱하게 값없이 누리지만 누구 하나 따뜻한 눈길을 보내거나 고맙다고 말 한마디 없이 당연하게 즐기는 따사한 햇살이고, 시원한 바람결이고, 향기로운 들꽃 내음이다.

나는 오늘도 차디찬 새벽바람을 가르고 첫차에 올라 하루의 여행길에 오른다. 이리저리 세상을 눈요기로 음미하며 체온으로 자리를 데우고, 머리카락을 흩날리며, 호젓이 자리를 이리저리 옮기며 후미진 마음의 터앝을 가꾼다. 그 사이 누군가 내가 머물었던 자리를 차지하고 행복한 표정을 지으며 하루를 거침없이 출발

할 것을 생각하면 마음이 흐뭇하고 가볍다.

슬픔과 아픔으로 한 틈도 편할 날이 없는 광야와 같은 세상에서 언제라도 이웃에게 사랑을 체온처럼, 그리움을 체취처럼, 믿음을 민들레 홀씨처럼 전하는 하나님의 청지기로 살 수만 있다면 얼마나 좋을까? 그러나 종착지에 가까워지자 도중에 하나둘씩 서둘러 하차하여 떠나버린 호젓한 빈자리에는 사랑의 찬바람만 감돈다.

사랑은 초목이 헐벗은 가을철 산비탈에서 깃을 접고 몸을 바르르 떨며 하늘을 올려다보는 한 마리의 종달새처럼 아득히 지난날을 그리워하는 마음이라고나 할까, 보이지 않으면 보고 싶고, 없으면 찾고, 손에 잡히자마자 놓치고 마는 허전함이다.

세상은 천국에 대한 그림자로 뿌옇게 비낀 저녁놀 같지만, 사랑은 천국의 실상으로 사모하고 그리워하며 갈망할 때 울려 퍼지는 천상의 합주곡처럼 아름답다.

세상은 제아무리 사랑으로 이중 삼중 채색하고 치장하고 도배를 해도 훗날 벗겨보면 회칠한 담벼락같이 빛이 바래고, 누릿하게 더덕더덕 곰팡이가 슬어 뜯기고 찢기고 얼룩진 무늬로 남아있다. 사랑은 자신을 비우고 낮추면 보풀처럼 깃털처럼 가볍게 하늘 높이 날아오를 것인데, 절박하고 성급하여 깊게 뿌리내린 하나님의 사랑을 날카로운 자귀와 끌로 쪼개고 파내어 가지려고 안달하며 조바심내고 있으니 이게 인간의 속물근성이고 작태가 아닌가?

나는 오늘도 세상 모퉁이를 쏘다니며 쓰레기통을 죄다 뒤져서 허투루 버려진 고색창연한 사랑을 바구니에 주워담아 언제든 한달음에 내달아 허기진 세상에 되돌려줄 준비를 한다. 진실한 사랑은 하나님에 대한 갈망으로부터 천국을 향한 소망이고, 하나님과 하나가 되는 것이기 때문이다.

천국은 절대 죽음을 피하기 위해 상처 난 불행이나 건강을 수선하거나, 노후를 안전하게 대비하기 위해 마련된 위로와 치유의 응급실이나 부품창고가 아니라, 사랑과 기쁨과 감사가 예비되어 있는 하나님의 곳간이다. 따라서 천국을 향유하기 위해서는 하나님 자체가 목적이고, 그와 하나가 되려는 열망, 곧 영성을 끊임없이 넓이고 키워가는 것이다.

옛말에 "돈을 잃으면 조금 잃는 것이고 명예를 잃으면 많이 잃는 것이지만 건강을 잃으면 모두 잃는다."는 말이 있듯이 "세상을 즐기고 탐하면 천국도 세상도 모두 잃지만, 천국을 진정으로 사모하고 사랑하면 덤으로 세상까지 얻는다."는 믿음을 입술로 자근자근 깨물며 음미해본다. 사랑은 세상과 천국을 연결하는 가교이자 둘을 엮어 풀어내는 연립방정식의 해답이고 실상이기 때문이다.

생색내기 아침상 차림

.

.

.

✒ 정년퇴직을 앞두고 귀촌이니 귀농이니 하며 그토록 열망했던 시골에 정착한 지 10여 년이 훌쩍 지나고, 세월의 무게가 느껴지면서 정신적으로 육체적으로 건강하기 위해서는 무공해 자연환경도 중요하지만, 사람들이 모여 생동감 있게 삶터에서 생활하는 것이 더 필요하다는 생각으로 2년 전에 슈퍼마켓도, 병원도, 약국도, 근린생활시설이 밀집한 도심지로 도망치듯 빠져나왔다. 그러고 나서 나에게 자그마한 변화가 생활에서 일어났다.

여태껏 살면서 소가 닭 보듯 주방에서 일하는 아내를 바라만 보던 내가 그의 도우미 역할을 선뜻 자청하고 나선 것이다. 밥상을 물리면 먹었던 그릇들을 싱크대에 가져다 놓고, 때로는 그릇이 수북이 쌓이면 설거지를 하고, 자연스럽게 부엌에 오가며 식탁을 치우고 깔끔하게 뒷정리하는 것이 나의 신선한 변화였다. 그러나 이조차도 성에 차지 않던 나는 미흡하고 어설프지만, 능동적으로 최소한 일주일에 이틀 정도는 아침상을 차려서 아내의 수고를 덜어주고자 했다. 내가 손수 밥을 짓고, 반찬을 장만하는 일은 언감생심 생각할 수도 없지만, 손 안 대고 코 푸는 격으로 상차림의 생색이라도 내보자는 것이다. 이 문제의 열쇠는 오랫동안 시골생활에서 게을리했던 새벽 예배를 도심에서 매일 드리는 것으로부터 찾을 수 있었다.

새벽 예배를 드리고 귀가하는 도중에 24시간 열려 있는 맥도널드 맥 카페(Mc Cafe)에서 '베이컨 토마토 머핀(muffin)' 세트를 아침 식사로 대용하자는 것이 나의 얄팍한 발상이었다.

머핀에는 한꺼번에 베이컨과 치즈, 토마토 조각과 엷게 채를 썬 양상추가 들어 있어서 나에게는 아침 식사 대용으로 최상이었다. 이를 통해 아내가 밥상을 차리는 번거로움도 덜고, 부부간에 막혔을 대화의 문도 열고, 산책하며 시원한 새벽공기를 여유롭게 즐길 뿐만 아니라, 아침 끼니까지 한꺼번에 해결하자는 것이 나의 자그마한 생각이었다.

그러나 매일 아침상을 카페에서 차리는 것도 가계에 부담스러웠기 때문에 한 주일에 생활의 변화가 필요하다고 느껴지는 화요일과 금요일쯤 분위기도 살짝 바꾸고, 그동안 마음에 끼었을 앙금도 긁어내고, 하루의 일정을 오순도순 나누는 기회로 삼자는 것이 그 밑바닥에 깔려 있었다.

아내는 어쩌면 늘 부담스러웠을 아침 식탁을 일주일에 두 번쯤 가볍게 맥 카페의 손을 빌리는 상차림이 마냥 싫지만은 않은 기색이었다. 이러한 상차림에서 식사량이 부족하다 싶으면 머핀 단품을 추가하거나, 집에 돌아가 아내가 새벽녘에 전기밥솥에 예약해 놓은 흰죽으로 두어 술 뜨면 되었다.

아무튼, 어떤 상황에서도 우리만을 위해 항상 아침에 열려있는 너르고 조용한 카페 홀에서 마치 황제처럼 느긋하게 아침 식사를 즐길 수 있다는 것은 너무 황홀했고, 날이 거듭할수록 그 요일이 은근히 기다려졌다. 특히, 우리는 서로 눈치를 보지 않고 기쁜 마음으로 상차림의 몫을 각자 할 수 있음에 감사했고 행복해했다.

처음에는 빵과 감자튀김의 차림상은 때로 위장에 부담을 주었지만 점차로 익숙해진 우리 부부는 평소처럼 새벽 예배를 마치고 집에 돌아오면, 식탁에 마주 앉아 하루를 시작하는 가정 예배를 드렸고, 아침상 차림이 없는 날에는 깨 간장, 오이 피클, 단무지, 김, 우엉조림 같은 밑반찬으로 준비된 흰죽 한 공기로 아침을 대신했다.

보통 한국인 밥상에는 김치가 빠지지 않지만, 매운 음식을 먹지 못하는 나를 생각해서 아내는 자신이 좋아하는 매큼하고 시큼한 김치며, 깍두기며, 푸성귀 무침을 플라스틱 반찬 통에 별도로 챙겼다. 상차림이 있는 아침만큼은 집밥으로부터 자유로울 수 있었기 때문에 내심 행복한 시간이었다. 식사 때마다 젓가락으로 음식을 끼적거리는 나에게 늘 신경을 쓰고, 눈치를 보며, 불편해하던 아내의 마음을 읽는 나로선 아침상 차림은 그녀의 관심으로부터 잠시 홀가분하게 벗어날 수 있는 시간이고, 공간이기 때문이었다.

나는 일상 밥상을 물리면 아내를 식탁에 남겨두고 거실로 자리를 옮겨 방안을 서성거리다가 하루의 일과를 컴퓨터 앞에서 찾았고, 생각의 변화를 꾀하였지만, 실로 만만치 않은 도시생활에서 스트레스를 겪어야만 했다.

마천루처럼 높은 빌딩 숲에 둘러싸인 아파트의 네모난 성냥갑에 갇힌 채 밤낮을 가리지 않고 들리는 층간소음에 시달려야 했고, 이웃과는 대화의 담을 쌓고, 매사에 원인도 모를 불안과 조급증에 몸을 사려야 했다. 이 때문에 농촌에서 그나마 쌓은 풍요로운 삶이 조금씩 황폐하고 피폐해갔다.

비록 은퇴 이후 도시생활에서 생색내기로 시작된 아침상 차림이었지만, 늘그막에 내가 택한 변화 중 최고의 한 수였고, 생활의 지혜이자 삶의 귀중한 전환점이었다. 이와 더불어 은퇴 이후 조금씩 생활의 변화를 시도하는 자신이 타성에 젖지 않고, 나태에 찌들지 않도록 계속해서 변화해 가는 제2의 인생을 찾도록 노력을 했다.

이른바 아침상 차림은 은퇴와 도시생활로 느슨해진 나에게 알토란 같은 생활의 새로운 통로를 열어줬고, 하루를 시작하기에 앞서 응어리지고 까칠해져 있던 마음에 이해와 소통의 나팔수 역할도 해냈다. 또한, 지난날 잊은 행복의 참맛을 우려내는 고명의 자리로 잡아갔을 뿐만 아니라, 미세먼지로 낀 탐욕의 마음을 정화시키는 필터의 역할도 하고, 오해와 불만의 오염물질도 배려와 애정으로 걸러내는 터전도 마련하였다. 실로 작은 생색내기에 불과한 상차림의 변화는 기대 이상으로 나에게 든든하고 행복한 생활의 그루터기가 되었고, 늦깎이에 탁월한 생활의 탈바꿈을 선도하는 디딤돌이 되었다.

이처럼 신앙생활에서도 머핀과 같이 담백하고 아삭아삭하고 고소한 빵을 믿음의 아침상으로 차려 하루를 시작하고, 그 틈에서 다소곳이 마음을 나눌 수 있고, 작은 변화의 삶을 느낄 수 있다면, 매일매일 우리의 삶은 풍족하고 아름다운 하나님의 모습을 닮아갈 수 있지 않을까?

다람쥐와 도토리

- 봄의 영성 -

•

•

✒ 입춘에 발을 진작 내딛고도 꺾이지 않는 추위 속에서 어디선가 밀려오는 향기로운 냄새가 가슴과 머리에 가득 차고 넘칩니다. 목을 길게 빼고 주위를 둘러봅니다. 그건 영혼을 사랑하는 사람들에게서 아지랑이처럼 피어오르는 봄의 신령한 기운이었습니다. 나는 조용히 눈을 감고 북풍이 매섭게 불어닥치던 새해 녘을 떠올리며 당연히 찾아올 3월의 포근한 봄기운을 기다립니다. 이것은 우리가 때마다 순간마다 잊어버리기 쉬운 하나님의 섭리이고 사랑임을 새삼 깨달으며 감사함으로 기쁨으로 봄을 맞이할 준비를 합니다.

가을날 산골짝에서 도토리를 주워 껍질을 벗기고 갉아먹던 다람쥐는 내일을 기약이라도 하듯 저장 습성에 따라 양지바른 참나무 아래 낙엽을 파헤치고 도토리를 묻습니다. 그리고 하늘에 떠 있는 구름조각을 이정표 삼아 올려다보고, 낙엽을 파헤친 땅바닥의 흔적을 표지기 삼아 주위를 살펴보며 서둘러 구덩이를 낙엽으로 덮습니다. 그러나 숲 속에는 늘 비바람이 휩쓸고, 하늘에는 구름이 시시각각 변하기 때문에 다시는 찾지 못하고 잊혀질 장소이지만,

생명의 씨앗이 살아 숨쉬는 곳, 언젠가 낙엽 밑에 묻힌 열매가 싹을 틔우고 잎이 무성한 참나무로 자라서 열매를 주렁주렁 맺게 될 희망의 터전이기도 합니다. 이처럼 수풀 같은 세상에 하나님의 사랑으로 봄에 뿌려지고 심어진 우리는 여름, 가을, 한겨울 동안 거칠고 외롭고 춥고 힘든 시간을 참고 견디며 영성의 거목으로 자라서 하늘의 결실을 거두고, 숱한 사람들에게 영향력을 미치는 그늘막으로 자리매김을 합니다.

생각만 해도 몸이 후끈 달아오르고, 들썩이고, 짜릿하고, 생기가 돌고, 발랄한 봄은 어김없이 올해도 믿음의 사람들에게 영성을 심어주고 자라게 합니다. 참나무에서 떨어진 도토리처럼 일찍이 누군가에 의해 세상에 뿌려지고 심어지고, 숲 어디에선가 싹을 틔우고 결실을 본 싱그러운 사랑의 열매를 우리는 아무 때나 값없이 맛보고 누릴 수 있음에 늘 감사드립니다. 사랑은 누구나 스스로 뿌린 만큼 거두기 위해 심는 것이 아니라, 나눔과 섬김으로 완성되기 때문입니다.

이 봄에도 고통과 슬픔이 발 디딜 틈 없이 널브러진 세상 숲 속에 사랑의 씨앗을 쉬지 않고 흩뿌리고 심고 가꾸어서 영성의 열매가 키만큼이나 다소곳이 자라나기를 간절히 기도합니다.

"세상은 천국의 그림자요, 사본이기에 사람들이 참되고 선하고 아름다운 것들을 사랑하게 되면 더 하늘의 것을 동경하고 사모하고 그리워하게 된다."는 C.S. 루이스의 영성만큼이나, 우리 모두 올봄에는 천국을 간절히 그리워하며, 하나님을 사랑하고 가슴에 품고 누리기를 갈망하고 기도합니다.

– 감리교 동부 연회 2018년 4월 매거진 『연회』 vol. 11에 실은 「봄의 영성」–

말의 절제와 무언(無言)

·

·

·

✒️ 세상은 시간과 더불어 갖가지 말들과 디지털 신호로 빈틈없이 그물처럼 얽히고설킨 멀티 공간이다. 그 안에서 온갖 생각과 마음이 입을 통해 말로 형상화될 때 구접스럽고, 추잡하고, 생각만 해도 창피하고, 계면쩍고, 변변찮은 온갖 생활오물들이 쏟아져 나온다. 개중에는 세상의 거울이 되고, 믿음이 되고, 힘이 되고, 기쁨이 되는 것들도 넘쳐나지만, 대부분은 자기중심에 편향된 수사학적 말이다.

말하는 사람은 상대가 뭐라고 하든 괘념치 않고 자기 입장만 주장하다가 사람들의 표적이 되어 질타의 뭇매를 맞으면, 그제서야 말의 강도와 수위를 낮추고, 입꼬리를 내리어 번복하고 당위성을 찾아 변명하기에 안간힘을 쏟는다. 이것이야말로 인간들의 어쭙잖고 역겨운 모습으로 토사물이나 배설물과 다름없다. 인간이란 때와 장소를 가리지 않고 틈만 나면 카멜레온이나 문어와 같이 환경 조건에 따라 색깔과 모양을 바꾸어 자신을 위장하고 속인다. 이런 모습은 심지어 숭고해야 할 사랑이나, 믿음에서도 예사롭지 않다.

알고 보면 세상살이란 그럴듯한 말의 유희요, 말잔치이고, 말만이 자신을 살아가는 힘이고 길이고 생명이다. 실체를 두고 어떻게 말하느냐에 따라 선이 악이 되고, 악이 선의 얼굴을 하며, 독소를 내뿜고, 자신의 심장을 서서히 마비시키는 독극물이 되기도 하며, 삶과 죽음을 냉혹하게 휘둘러 도리깨질을 한다. 모두가 말에 그럴듯한 색동저고리를 입히고 꽃단장하며, 위세와 허세로 상대를 압도하고, 사람의 목을 겨냥하여 생사의 시퍼런 칼날을 들이댄다.

그러나 사랑하는 말, 기도하는 말, 용서하는 말, 긍정적인 말은 성난 불꽃을 사그라트리고, 짚더미를 태우고 난 재처럼 미풍에 날리어 세상에 기적을 흩뿌리고 아픔을 이슬로 촉촉이 적시어 누그러트린다.

말은 흐르는 물처럼, 대기의 기류처럼 잠시도 정체해 있지 않고 요동치며 세상을 소용돌이치는 용소에 밀어넣고, 달구어진 프라이팬의 콩처럼 볶아대고, 사막에 굴러다니는 검불더미처럼 자신을 메말리고, 입맛에 맞는 것만 골라 빨대로 쪽쪽 들이키며 세상을 기준삼아 자신을 철옹성처럼 단단히 지킨다.

알고 보면 결국 삶 자체는 말이고, 인간은 구저분하게 입으로 버티며 사는 동물이다. 누구를 막론하고 태어나면 제일 먼저 소리를 내고 듣는 것이 말이고, 배우는 것도 말이다. 말이 없으면 생각도 없고, 자신도 세상도 없으며, 삶 또한 부질없고, 세상은 으슥하고 암울한 공동묘지나 다름이 없다. 인간이 인간이기 위해서는 우선 자신과 대화를 해야 할 나를 찾고, 바닥에 깔린 생각에 말을 덧입히고, 세상을 희화화하고, 그 위에 자신을 보라는 듯이 세워간다. 그래서 말을 형상화하기 위해 글을 쓰고 조각하고 그림을 그린다.

맑고 깨끗한 마음과 생각이 입 밖에 나올 때면 더럽고 흉하고 악의에 가득 찬 심상은 안개처럼 걷히고, 교만스럽고 구더기처럼 구물거리는 욕심과 비뚤어진 양심은 서서히 소멸된다. 말은 언제나 선하고, 사랑으로 촉촉하게 젖어 있을 때 믿음이 간다. 말에서 사랑의 물기가 메마르면 세상도 자신도 황폐해지고 피폐해지기 때문이다.

말과 생각에 사랑과 감사를 황금 비율로 섞어 버무리면, 기쁨과 소망과 행복이 배가되고, 믿음과 신뢰를 약속 받고, 하나님을 닮은 마음을 꽃피우고 세상을 변화시킬 수 있다. 말에서 사랑이 헤지거나 구멍이 뚫리면, 마음에 죄의 뿌리가 내리고, 미움과 질투에 이어 사망이 자라고, 감사가 시들하면 평안과 행복이 길을 잃고 방황한다. 생명이 있는 말을 진지하게 삶에 담으면, 녹아내리는 사랑을 체로 거르는 것과 같다. 말은 쉼 없이 세상에 많지만, 실로 말을 거를 만한 사랑의 체는 그리 흔치 않다. 말은 보이지 않는 마음을 깎고 갈아서 세상에 사랑과 진리를 전하는 도구이기 때문에 느껴지는 말만큼 세상은 새롭게 태어나고 향기로워진다.

어지럽고, 복잡하고, 힘든 세상일수록 어떻게든 살아보려고 온 힘을 다해 말로 도깨비같은 자신을 돋보이려는 것이 인간의 본능이다. 자신을 어떻게든 세상에 각인시키려는 몸부림이 곧 말과의 다툼이고 전말이다. 따라서 가볍고 대수롭지 않게 허투루 말을 하다 보면 겉보리 껍질처럼 까칠하게 남겨진 자신을 발견하고 후회하게 된다.

말은 인간 생존의 근본인 시간처럼 세상을 등에 지고, 살리고, 넘어뜨리고, 일으켜 세우고, 곧게 펴고, 휘게 하며, 없던 것도 있게 하고, 있던 것도 휴짓조각처럼 만들지만, 때로는 삶의 감칠맛을 내는 양념과도 같아서 생활의 빛깔과 문양을 조화롭게 섞는다. 그뿐만 아니라 죽어가는 영혼을 흔들어 일깨우는 기적도 행한다.

때로 무심코 던진 말 한마디는 양면의 칼날과 같아서 자신을 살리고 죽이고, 오해와 분란과 소요를 일으키는 무기가 되고, 송곳과 같이 심장을 찌르는 살상의 병기가 된다.

말은 시간만큼이나 아끼고 재물만큼이나 소중히 다루어야 한다. 한 번 뱉은 말은 씻어 주워담을 수 없기 때문이다. 누구나 각자 자기 말만 분분히 한다면 미꾸라지처럼 진흙탕 물을 휘저을 뿐이다. 하지만 이성적으로 침묵하며 마음과 생각을 아끼고, 화해와 용서의 길을 내면, 세상에 빛을 발한다. 텅 빈 무언의 침묵이 아니라, 진실한 마음을 꾹꾹 눌러놓은 침묵은 금이다. 이것이 말을 아끼는 비결이고, 말로부터 사람들과 어울려 화평을 누리는 길이다. 덮어놓고 지키는 무언의 침묵은 자칫 자신을 속이고 남에게 핑계의 빌미를 주기 때문에 말은 처한 상황에서 오직 하나밖에 없는 말로 해야 하고 불필요한 말은 피해야 한다.

진정성 있는 말은 때와 장소를 가려서 자신을 충분히 드러내고 전함으로 묻히고 잊혀진 자신의 생명과 영혼을 살린다. 참으로 말을 아낀다는 것은 쉽지 않다. 곧 마음과 생각이 하나이듯이 말과 행위는 하나이고, 뗄 수 없는 일체여야 하고, 인간의 본질인 정체성이기 때문이다.

성경에 이르기를 태초에 세상은 흑암과 혼돈 가운데 시간과 더불어 말로 창조되었는 즉, 말은 우주 삼라만상의 근본이고, 생명의 원동력이고, 인생의 길라잡이이다. 따라서 성경에 "만일 누가 말하려면 하나님의 말을 하는 것같이 하라."고 했듯이 말은 자기 뜻에 따라 함부로 하지 말고 신중을 기할 것을 조언하며 말의 중요성을 강조하고 있다.

불경에서는 이르기를 끊임없이 말로 지은 업보로 인간은 "다생윤회(多生輪廻)한다."고 한다. 모든 인간은 생과 사로부터 해탈에 이르기까지 영혼이 육체와 함께 살고 죽기를 오백 번 반복해야 한다고 한다. 그럼에도 불구하고 인간은 시간만 나면 더 많은 말을 하려고 애쓴다. 말하는 만큼 인정받고, 삶의 재미와 진가를 느낀다고 생각하기 때문이다.

지금까지 입에 담은 말만큼이라도 제대로 실천하며 살아왔다면 자신의 존엄을 지키기에 충분하지 않았을까 싶다.

"말, 말, 말."

사람들은 공중에 회오리치는 무선 통신선만큼이나 많은 말 가운데 한 톨도 남김없이 벼 이삭을 털어내듯 입 밖으로 쏟아내야만 행복하고 감사하다고 여긴다. 그러나 실로 말은 행함과 더불어 영혼에 생명의 불을 지피는 불쏘시개인 것을 사람들은 참으로 깨닫지 못한다.

서울 나들이

.

.

.

✒ 겨울의 추위가 살갗을 에는 2017년 12월 초순에, 나는 아내와 함께 무료한 춘천 생활권을 벗어나 오랜만에 서울에 사는 딸네 집으로 나들이를 하게 되었다. 말이 나들이지 외손녀 돌보미로 나선 것이다.

얼마 전에 집을 이사한 후 집들이 때 방문한 적이 있지만, 서울 길눈이 어두운 나는 아내의 안내를 받으며 전철역으로 나섰다. 막내딸이 이사하자마자, 외손녀 예원이가 그 지역의 한 초등학교에 추첨이 되어 취학통보를 받아서 내년도 입학에 필요한 서류를 준비해야만 했기 때문이다. 그러나 직장일로 막내딸이 동반할 수 없게 되자, 도움을 부탁받은 아내는 뒷바라지하기 위해 나와 함께 서울 나들이를 결정하게 된 것이다. 내가 알고 있는 서울은 예전과는 달리 교통수단을 지하철 중심으로 타고 내리며 땅굴 표지판만 보고 길목을 찾아야 해서, 자칫 잘못하여 지상에 있는 지역의 평면도를 머릿속에 그리고 똑바로 찾아가지 못하면 길가에서 헤매기가 십상이다. 게다가 신도시로 개발되어 지하철이 뻗은 지역의 향방을 가늠하지 못하는 나로서는 지하도의 출구를 제대로 찾아간다 해도 고층건물에 가로막혀 지상에서 거리를 맴도는 일이 일상이었다. 한 번 집들이 때 가본 길을 더듬어 찾아가느라, 나는 어두침침한 지하 땅굴을 맴돌고, 눈에 익숙하지 않은 신설된 도로를 헤매느라 기력이 소진되고, 간식과 쉼으로 충전해야 할 시간을 놓치자 한 발자국도 뗄 수 없을 정도로 기진맥진하여 눈앞이 노랬고, 몸은 가누기 힘들 정도로 녹초가 되었다. 겨우 지하도를 빠져나와서도 목적지인 아파트 부근을 한바탕 휘돌고 딸네 집에 찾아들어간 우리는 잠시 휴식을 취한 후에야 정신을 차릴 수가 있었다. 나와 아내는 집들이 때의 기억을 더듬어 손에 닿을 듯이 가까이 놓인 대형마트 식당가에 들러 점심 식사를 했다. 그리고 기력을 회복한 후에 나는 고작 대형마트와 아파트 사이에서 서울 나들이를 즐길 수 있었다.

식사를 마치고 아파트에 돌아온 아내는 손녀 예원이가 유치원에서 끝나는 시간에 맞춰 취학하기로 배정된 초등학교에 입학 수속을 밟으러 외출을 했다. 그러나 특별히 할 일을 없는 나는 아파트에 홀로 남겨진 체 딸네가 어떻게 사는지 자유롭게 집안을 둘러볼 수 있었다.

집안 곳곳에는 막내가 직장 일을 하면서 예원이를 어떻게 돌보는지 바쁘게 시간에 쫓긴 생활의 흔적이 가득했다. 방구석에 쌓인 장난감이며, 책꽂이와 연필 통에 어지럽게 꽂힌 필기구며 크레용이며 색연필이며, 치우고 정돈한 것처럼 보이지만 대충 수북이 쌓아놓은 스케치북과 화첩, 책상 위에 널려있는 컴퓨터와 책들이 그러했다.

나는 우선 집 안에 규모 없이 놓인 화분을 찾아 엇자란 가지와

잎사귀를 자르고, 손이 닿기 힘든 곳에 놓인 화분의 메마른 잎은 의자를 놓고 올라가 까치발을 딛고 손가락을 화분 물받이에 넣어 수위를 조절하며 물을 흥건히 부어주었다.

집들이하던 날, 현관문과 중문 사이를 막아 현관에서 거실이 훤히 들여다보이는 유리창 가에 화분을 놓으면 좋겠다던 막내딸의 말이 생각났다. 나는 주저하지 않고 마트 입구에 있는 꽃집에 들러 장미보다 화려하고 잎이 넓고 짙은 주홍색 꽃보다 아름다운 포인세티아(poinsettia) 화분을 사서 거실에서 보이는 현관 창가에 내놓았다. 이사를 하고도 벌써 몇 개월이 지났는데 아직도 비워둔 거실 창가에 TV 뒤에서 누렇게 시든 화분과 흙이 바짝 마른 선인장도 찾아 화장실에서 깨끗하게 손질하여 포인세티아 곁에 나란히 진열했다. 그제야 거실이 이사 왔을 때의 기대치만큼 아담했고 생기가 있어 보였다. 투박한 손길을 거친 거실도 현관도 산뜻하고 새롭게 보였고 바라보는 나의 마음도 흡족했다.

나는 이번 서울 나들이를 통해 생활이 아무리 바쁘고 시간이 빠듯해도 잠시 생각과 마음을 열고 집 안에 시간과 애정을 쏟아 관심을 가지고 변화를 주면, 식상하고 지루한 환경일지라도 새로워진다는 점을 막내에게 보여주고 싶었다. 나는 거실 창가에 앉아 아파트 숲 사이로 먼 산과 하늘을 느긋하게 바라보며, 삶의 뜰을 조금씩 호미질하고 사랑의 나무를 심고, 씨앗을 뿌리는 일은 자신이 틈틈이 언제든지 해야 할 생활의 몫이라는 것을 보여주고 싶었다. 그리고 생활의 번거로움 가운데 자신을 찾아 아우르고 사는 것 외에는 결단코 삶에서 진중한 재미를 찾을 수 없다는 것을, 한없이 시간에 끌려만 다니다가 생활의 끝에 서게 되어서야 비로소 자신이 누구인가를 보고 느끼고 되찾게 된다는 것을, 그때 자신의 삶을 통회하고 회한한다 해도 결코 되돌릴 수 없다는 것을, 시간의 톱니바퀴에 물리어 돌다 보면 세상의 고통에 짓무르고, 자신으로부터 멀어지고, 잊혀질 뿐이라는 것을 은연중에 막내에게 가르쳐주고 싶었다. 그러나 나는 곧 내 시간에 쫓기어 생각과 마음을 조롱에 갇힌 새에게 모이와 물을 주듯 막내의 생활 터에 조금 맛만 보여주고, 그녀가 귀가하기도 전에 쫓기듯 나를 쓸어 담아 다시 춘천으로 돌아와야 했다.

누구나 자녀들에게 해주고 싶은 것들을 해줘도 늘 안쓰럽고 부족한 것이 부모의 마음이다. 그렇다고 자신의 능력 이상으로 과분한 것은 부담스럽고 오히려 애정결핍의 표출이고 대리만족하기 위한 것일 뿐이다.

요즈음은 누구나 높은 생활 수준과 삶의 질이 개선된 탓에 필요 이상으로 자식들을 위해 무리수를 두지만, 느리고 더딜지라도 진실하고 바르게 살도록 본을 보이고 노력할 때, 삶이 근본적으로 바뀌고 고난을 이길 수 있는 바탕을 이루게 될 것이다.

섣부른 긴장 속에서 지나친 속도전은 음식물을 골고루 섭취하는 건강의 비결 대신에 농축된 한 알의 비타민으로 안이하게 대치하려는 행위와 비유된다. 과정은 뒷전이고 신속한 성장을 위해 서두르는 것이 현대인의 바람일진대, 과연 한 알의 비타민으로 건강을 지키고 자신을 유지하고, 결핍된 면역력을 높이고, 언제까지나 강력한 자생능력을 기를 수 있을까? 나는 여태껏 자녀들에게 다른 부모들만큼 뒷바라지를 하지 못했지만, 그들이 세상을 떳떳하게 살아가고 있음에 대견스럽고 마음 뿌듯하다. 나 역시 내 부모로부터 따뜻한 마음을 넉넉히 전해 받지 못했지만, 부모의 따뜻한 사랑을 아직 은밀히 느끼고 감사히 여기고 있다. 그들은 나의 말 없는 멘토로 자신의 뒤를 이으라고 강요한다든지, 큰 꿈을 제시하거나 그에 따른 도움을 주지는 못했다. 그러나 자신의 길은 언제나 스스로 열어가는 것이지, 누군가 넓게 열어준다고 수월하고 순탄한 것만은 아님을 가르쳐주었고 모든 결정과 선택은 자신에게 달려 있다는 교훈을 심어 주었다. 그러므로 나는 어리고 젊은 나이에 생소한 지역과 풍습에 두려워하지 않았고, 낯선 타국에서도, 아무도 없는 벽지와 대도시에서도 홀로서기를 과감히 시도했고, 광야나 다름없는 세상을 피하지 않았고 맞서서 열심히 일구어 왔다. 그래서 나는 살아온 역정에 대해 후회 없음을 자부한다. 더구나 자신을 드러내려고 유별나게 세상을 향해 떠들썩하게 소리치지 않았고, 시대 정신과 더불어 넓고 깊은 사려와 사랑을 늘 가까이에서, 용기와 믿음과 확신을 주는 한량없는 따뜻한 마음을 이어 왔다.

나는 여느 부모 못지않게 자녀들을 사랑해 왔다. 비록 그들은 피부로 느끼거나 확신하지 못했을지라도, 사랑을 포기하거나 내버려두지 않았다. 고난과 시련을 당할 때 냉엄하게 성원하고, 힘이 되어주고, 눈물로 기도하며 때를 기다렸다. 이러한 사랑만이 자녀들에게 힘이 되어 줄 수 있는 가장 든든한 울타리이자 삶의 등걸이라고 생각했기 때문이다.

나는 하루의 서울 나들이를 마치고 돌아오는 길에 내 건강을 이기지 못하고 아내에게 속풀이를 해댔다.

"앞으로 다시는 아이들 뒷바라지하러 나들이를 하지 않겠다고!"

그러나 어느 부모가 도움을 청하는 자녀의 요구를 모른 척하고 지나칠 수 있을까? 앞으로 도움을 줄 날이 얼마나 남아있다고. 나는 공연히 예전 같지 않게 약해진 자신의 건강을 탓하며 마음에도 없는 푸념 섞인 말을 쏟아냈다. 그리고 딸의 집안에 떨어트리고 온 작은 사랑의 흔적을 돌아보며, 세월이 가고 마음이 허전하고 약해진다 해도 자녀들을 향한 애틋한 마음만은 접을 수 없다고 생각했다. 비록 자녀들에게 압축 성장을 위한 종합비타민은 되어주지 못하더라도, 마음에 아름다운 정원을 가꾸고, 스스로 원하는 길을 찾아 사랑으로 세상을 거뜬히 이기며, 영화로운 삶을 지켜가길 조석으로 기도한다.

미쳐야 사는 세상

·

·

·

  ✎ 거리에 나가 세상을 아무리 둘러보아도, 숨 막히는 집안에 처박혀 무엇을 한다 해도 한 가지 일에 깊이 심취되거나, 중독되거나, 노예가 되거나, 미치지 않고서는 제 삶의 맛을 즐길 수 없다는 것이 우리들의 진상이다. 어떻게든 한 군데 빠져서 헤어나지 못할 정도로 미쳐버려야만 자기답게 만족하며 사는 세상이다.

  사람들은 오늘도 거리를 헤매며 알 수 없는 끈적끈적한 생각의 끈을 잠시도 놓치지 않으려고 모바일 기기를 손에 들고 미치광이가 되어가고 있다. 나 역시 생활에 생기를 불어넣고 하루하루를 지탱해 왔던 자그마한 일손을 포기하고 무념의 경지에 들겠다고 마음을 먹어보지만, 가시처럼 돋아나는 일에 대한 집착은 버릴 수가 없다. 이것은 나에게 애증이 가득한 애물단지, 글을 쓰는 일이다. 그래서 글 쓰는 일에서 손을 떼는 것은 나를 잃어버리는 것이지만, 삶 자체를 포기하거나, 생각에서 자신을 아예 놓아버리는 무책임이나 무치함은 아니다.

  내가 글을 쓰는 이유는 단순히 취미로, 한가로이 무료함을 달래기 위하거나, 훗날 내가 누구였는지 자서(自敍)하기 위함이 아니고 지금의 나 자신을 당장 돌아보고 자성하고 성찰하기 위함이다. 따라서 내가 누구인지 솔직하고 군던지럽지 않게 고스란히 드러내기 위한 나 자신에 대한 사려 깊은 애정표현이다. 지금이라도 붓을 꺾어 생각을 지우고, 눈을 가리고, 마음이 밖으로 새나가지 않도록 문틈을 문풍지로 발라서 막아버리고 싶지만, 오히려 답답한 마음의 창을 아예 세상을 향하여 보라는 듯이 활짝 열어젖힌다. 그때 창 안에 갇힌 나의 초라하고 볼품없는 도플갱어(Doppelgänger)를 만날 수 있기 때문이다. 그는 일찍이 휴지통에 구겨 던져버린 메모 쪽지 속의 진진한 내 모습이고, 잃어버린 나의 굴곡진 생각들로써 거기서 잠자는 생명이 깨어날 움츠림의 징조를 어렴풋이 느끼기 때문이다.

일상 세상 사람들은 늙었거나 젊었거나, 한결같게 생의 최종목표는 단순히 호의호식에 있는 것이 아니라, 이를 넘어서 어떻게든 지혜롭게 고난을 극복하고 연명하고자 온 힘을 다해 반쯤 미치고 날뛴다. 이를 위해 사람들은 채칼로 생각의 생체를 치고, 마음을 풀무 불에 달구고, 망치로 두들겨 벼르고, 숫돌에 갈아 날을 세운다. 이때 사람들은 힘든 연단의 길을 포기하고, 편하고 쉽고 자유롭게 사는 길을 모색해보지만, 이 길은 누구도 거부할 수 없이 넘어야 할 생명의 길이다.

고뇌의 끈을 질끈 머리에 동이고 참고 견딜 수 있다면, 어떻게든 한 가지 일에 몰입하여 머리채를 늘어뜨리고, 옷고름을 풀어헤치고 희희낙락할 수 있다면, 이것이 내가 바랐던 미쳐나는 삶이고, 우릿간에 겹겹이 눌어붙은 분뇨를 바닥까지 쇠갈퀴로 긁어내어 혀로 핥아 맛과 냄새를 탐미하며 맘껏 세상을 즐기는 삶이다.

아무도 거들떠보지 않는 글을 사려 없이 무모하게 원고지에 써 내려가는 글쟁이나, 누구도 봐 주지 않는 수천 가지의 그림과 자화상만도 30번 이상 오직 자신만을 위해 그린 그림쟁이 빈센트 반 고흐도, 일주일에 한 곡씩 평생 천 곡 이상 작곡한 바흐도, 청중도 없이 거리에서 곡을 연주하는 악사나, 빈 가락에 장단 맞춰 노래를 부르는 소리쟁이도, 관객이 없는 텅 빈 노천광장에서 모노드라마를 연출하는 광대도, 인적이 드문 거리에서 홀로 피켓을 들고 시위하는 데모꾼도, 식객도 없는 호텔식당에서 이른 아침을 조리하는 요리사도 남들 보기에 정상이 아닌 반미치광이고, 자신의 일에 중독된 자들이다.

이들뿐만 아니라 험한 산골짝에서 위험을 무릅쓰고 희귀식물이나 야생 벌꿀 목청이나 석청을 채취하고, 폭풍우가 휘몰아치는 바다 한가운데에서 고기잡이를 하고, 산업현장에서 목숨을 걸고 극한작업에 도전하며 위기를 극복해내는 사람들도 정말 일에 혹하거나, 철두철미하게 일에 노예가 되지 않고서는 그들의 일을 결코 해낼 수 없는 정신이 나간 자들이다. 이들은 어떻게 해서라도 자신과 세상을 이기고, 생존하기 위해서라면, 어떤 위험에도 불구하고 성취의 보람과 희열을 느끼고, 반쯤 정신을 팔아야 할 수 있기에 정상인의 눈에는 비정상으로 비춰는 짓임에 틀림없다. 미치지 않고서는 신념과 용기와 배짱만으로 해낼 수 없기 때문이다.

그러나 누구든 삶의 열매를 얻어내면 빚진 자들에게 훼손한 만큼 마땅히 빚을 회복시킬 수 있는 기반을 마련해두어야 한다.

산림을 훼손하며 절벽에서 석청을 채취하고 버려둔 벌집, 자연을 파헤쳐 계곡과 산림에서 얻어낸 유익만큼 자연이 회복될 수 있도록 상처를 꿰매고 새로운 길을 터주는 마음, 곧 취한 만큼 되돌려 줄 수 있는 배려의 마음을 갖는 것은 자연에 대한 올바른 자세이다. 필요 이상으로 거두지 않고, 생활에 필요한 만큼 취하는 삶이 진실로 세상에 빠져서 사는 사람의 진중한 모습이다. 따라서 자기 자신에게 몰입된 사람은 단순히 광분하여 세상을 파괴하고 못쓰게 하는 사람이 아니라, 배려하는 마음으로 절제하고 애정을 베푸는 사람이다. 이러한 사람이야말로 진정으로 한 가지 일에 빠져 미쳐 사는 세상에서 필요로 하는 주인공이다.

그런데 미친 것은 단순히 사람들에게만 있는 것이 아니라 세상 구석구석에 널려 있는 온갖 것에 그 빛과 그림자가 남아있다. 오죽하면 부동산이 널뛰듯 미쳐 날뛰어 아파트 한 채에 40억이나 되고, 식탁 한 끼의 물가와 생필품 가격이 하루가 다르게 두서너 배로 덩달아 오르고 있으니, 사람인들 어찌 잠잠히 침묵만 하고 있을 수 있을까? 세상은 보지 않아도 요지경 속이나 다름없다. 사회가, 정치가, 경제가, 인간이 멋대로 미치고 있는데 세상인들 온전한 정신일 수 있을까?

정상적이고 긍정적으로 미치는 현상은 좋은 열매를 맺지만, 부정적이고 비정상적으로 미쳐 날뛴다면 인간은 세상을 볼 면목이 없다. 이는 곧 세상의 파멸을 고하고 종말을 가져오기 때문이다. 오늘의 자기만을 위해 가진 자들이 단합하여 없는 자를 속박하고 착취하고 자기 실속만 차린다면, 머지않아 사회는 파괴되고, 질서도 잃고 막장의 빛과 그림자만이 교차하게 될 것이다. 이 암울한 번뇌의 터널에서 벗어나려면 세상이 바르게 빛이 암흑을 벗겨내야 할 터인데, 이 시대정신을 지켜가려면 무엇보다 탐욕을 줄이고 없는 자, 부족한 자에게 사랑을 베푸는 행위에 인색하지 말아야 한다. 그런즉, 미치더라도 모두에게 덕이 되도록 미쳐봄은 어떨까?

한방의(韓方醫) 내 친구

·

·

·

📝 신실한 불자(佛子)이자 진솔한 한의사인 내 친구(동제
한의원 원장 이성모)는 글을 읽을 때 마치 불경을 읽듯이 사전을 옆에 끼
고 한 자 한 자 뜻을 헤아리며 읽는다고 한다. 고등학교 3학년 때
같은 반 동창생으로 반백이 되어 객지에서 만나 정을 나누는 그
는, 나의 진맥을 짚고 약 처방을 한 후에 집에 전화를 걸어서 약
을 잘 먹고 있는지 확인하고, 건강상태는 어떠한지 물을 정도로
세심한 친구다. 그는 나의 건강을 챙기고 온정을 쏟아 걱정하는
게 마치 부모처럼 어찌나 고마운지 내가 미안할 정도로 쑥스럽게
만드는 친구다.

나는 손가락 마디에 관절염으로 문제가 있어서 침을 맞으려고
찾았다가 오래전부터 위장병을 앓아 온 내 건강에 대해 소상이 알
고 있던 그는 자신이 처방한 한약을 한번 복용해보라고 권했다.
체력이 허약한 나를 잘 알고 있는 그는 어린아이 다루듯이 처음에
는 약 한 첩에 해당하는 한 봉지 팩을 하루에 4, 5번 나누어 복용
해 보라고 했다. 나는 반신반의하면서도 그의 말대로 약을 먹기로
했다. 복용 후, 내 몸에 별다른 거부반응이 없었지만 그렇다고 병

세에 차도가 있었던 것도 아니었다. 그러나 나는 대학 병원에서 수년 동안 치료를 받아왔던 터라 지푸라기라도 잡는 심정으로 마음의 문을 열었다.

처음에 한 팩으로 시작하여 약 분량을 점차로 늘려 며칠 후에는 횟수를 2, 3번으로 줄이고, 다음에는 아침저녁으로 한 팩씩 먹도록 분량을 늘렸다. 생각건대 한약의 쓴맛과 한꺼번에 한 팩씩 복용하는 것이 힘들다는 것을 알고 있던 그는 우선 약이 내 몸에 어떻게 반응하는지 시험해보고자 했던 것 같았다. 본래 하루에 아침, 점심, 저녁으로 한 팩씩 복용하는 약제였지만, 내 몸에 별다른 부작용의 징후가 없자 하루에 아침저녁으로 한 팩씩 먹도록 권했다. 그러나 약의 정량이 하루에 3팩임을 알고있는 나는 원칙대로 끼니때마다 식전에 한 팩씩 먹었다. 그러자 그는 내 행동이 좀 과하다고 생각했던지 대뜸 "미쳤냐 하루에 3팩을 먹게!"라며 걱정스러운 말투로 나무랐다. 물론 나를 위해서 퍼부은 나무람이었지만, 몸에 별다른 이상이 없음을 안 그는 곧 밝은 표정으로 나를 용인했다.

그 이후 나는 끼니때마다 한 팩씩 복용하였고, 몸에 특이한 부작용도 보이지 않았다. 그뿐만 아니라 고질적인 병세가 되래 점점 호전되는 느낌과 더불어 속이 편했다. 심지어 약 효험은 나의 심성에까지 영향을 미치었던지 까칠한 성격을 유순하게 바꾸었다. 내가 그에게 가졌던 신뢰 역시 돈독해졌고 믿음도 더했다. 그가 "미쳤냐!"고 할 정도로 나를 배려하고 걱정하는 마음이 오히려 따뜻하게 느껴졌고, 나무라는 듯 쏘아붙인 한마디는 힘이 되었다.

그는 나를 소신 있게 열정을 다하여 환자로 대하였고, 나 또한 그의 마음을 알고 깍듯이 환자로서 그를 신뢰했다. 나의 병세는 점차로 호전되고 몸 상태가 좋아지는 느낌을 받았다.

그는 내 몸에 약이 적응한다고 판단하였던지 한 재를 더 복용해 보도록 달여주었다. 고마운 마음을 덧입은 나는 당연히 친구에게 이전에 복용한 약재와 새로운 한 재의 약값을 청구하였다. 그러나 그는 이전에 복용한 약값은 한사코 거절하였다. "이러면 다음에는 다시 오지 않겠다."고 반 협박조로 윽박질렀으나, 친구는 마음대로 하라며 오히려 나를 회유하고 만류했다. 내 약재는 그의 말마따나 황제처방으로 건강을 호전시켜주는 것으로 확인되었기 때문에 약값을 내지 않으면 약 효능이 떨어질 것 같은 의구심에 강력하게 청구했다. 그러나 그는 내 청을 절대 받아들이지 않았다. 나는 일단 고집을 꺾고 언젠가 기회가 되면 보답을 하겠다는 생각으로 돌아섰지만, 이 모두가 나에 대한 그의 사려 깊은 우정의 표현이었고 배려였음에 감사할 따름이었다.

그는 환자에게 약을 처방하고 복용방법에 대해 말해주고 진료비와 약값을 보상받는 것으로 만족하지 않고 약은 어떻게 먹는지, 몸 상태는 어떠한지 지나친 관심과 친절을 줘서 나는 오히려 불편할 정도였다. 게다가 진료비와 약값을 거절하는 친구로서의 배려와 자긍심은 이해가 되었으나, 내가 보기에 그의 얼빠진 태도는 평상시에도 잘 드러나 보이고 있었다.

그는 내가 출간한 산문집을 읽을 때 자신에게 생소한 어휘와 문장에 낱낱이 물음표를 달고, 혹 잘못 사용된 표현이 있는지 없는지 찾아내어 노트나 종이쪽지에 메모할 정도의 열정은 가히 정상인으로서 도를 넘는 일탈이었다. 그래서 나는 그의 목전에서 한번

은 "미쳤다."고 했다. 그는 글을 읽을 때 전반적인 내용을 이해하는 것으로 족하지 않고, 마치 초등학생이 국어책을 읽듯이 어휘 하나하나를 따지며 메모하여 나에게 보여주기까지 했기 때문이다.

내 말끝에 그는 도리어 "너는 도대체 사전을 통째로 읽고 어휘를 찾아 글을 쓰느냐?"며, 빗대어 "미쳤다."고 되받았다.

물론 나는 일상에서 식상한 어휘 대신에 같은 의미의 말이라 해도 미세한 감성을 불러 일으키는 다른 문어(文語)를 골라 쓰기 때문에 사람들로부터 그런 소리를 듣기 십상이었다. 예를 들면 '텃밭'과 '터앝'이 주는 의미의 차이가 그러했다.

고등학교 학창시절에 문예반에서 활동했던 그는 시대적 사회적 변화와 격을 달리하여, 소싯적 의식과 사고에 묶여 있는 게 아닌지 의심스러울 정도로 고지식하고 편협해 보였다. 그러나 그는 생업과 일상에서 만나고 깨닫는 새로운 것에 놀랄 만한 열정을 쏟아붓는 것은 확실했다. 새로운 감성이나 대중적 생활을 넘어서 자신에게 결여된 시대적 관심을 놓치지 않으려는 일종의 호기를 부리는 것처럼 보였다.

그에 비해 언어적으로 민감하고 낯선 표현과 어휘에 흥미를 느끼고 있던 나는 어디서나, 어느 때나 생소한 용어나 미려한 표현을 서적이나, 매스컴에서 접하면 내 것으로 소화하기 위해 곱씹고 메모하는 버릇 때문에 사용되는 언어의 폭과 깊이가 남다르게 다양하고 별났다. 어떤 지인은 내 면전에서 "평소에 잘 쓰지 않는 어휘와 표현이 글귀에 들어있던데."라고 말을 민망스럽게 던지기도 하고, 어떤 이는 기고한 원고를 자기표현에 적절하게 나름 수정하기도 했다. 이는 "사전을 통째로 뒤져서 글을 쓰느냐?"고 비꼬던 친구의 말과 맥을 같이 하는 대목이었다.

20대 중반에 십수 년 동안 외국 생활을 한 탓에, 호기심 많고 감수성이 예민한 시간을 뛰어넘어 신조어와 외래어가 무분별하게 도입된 생활에 빨리 정착하고 적응하기 위해서는 무엇보다 일상 언어를 바르게 이해하고 사용하는 것이 나에게는 절박하였다. 그래서 귀국 이후 30년이 넘도록 여태껏 새로운 말이나, 신조어나 줄임말들이 대화나 대중매체에서 튀어나올 때면, 주의력을 늦추지 않고, 메모장에 굵은 밑줄을 긋고 메모해 두는 습성이 남아있다. 그리고 평소에 특별한 화두를 던지는 사람을 대할 때면, 긴장을 늦추지 않고 그의 말에 몰입하여 무심코 언급되는 키워드를 가벼이 지나치지 않았다. 누군가 던진 화두는 내가 미처 깨닫지 못한 일상적인 사고(思考)와 세상을 진지하고 새롭게 열어주었기 때문이다. 예를 들면 '체휼', '느림(slow)', '더딤', '서두름'이라든지, '여백' 등 평범한 어휘가 새롭게 진지하게 마음에 다가올 때 그랬다.

친구가 나에게 무심코 던진 한 마디 '미쳤다'는 표현은 처음에는 당혹스러웠으나 사족이 붙지 않은 솔직한 말투였다. 세상에는 많은 사람이 자기 나름대로 미쳐서 살듯이 '나'와 '그'는 자기 삶의 영역에서 미치광이로 자기 생각과 방식대로 열심히 사는 사람 중 하나였다. 의식적으로 함부로 드러내지 않을 뿐이지 '미쳤다'는 말은 오늘날 누구에게나 공감되는 표현이었다.

학생이나, 근로자나, 노동자나, 무위도식이나 문전걸식하는 자나, 무전취식하는 행려자도 모두가 나름대로 자신의 생각을 가지고 자기 생활에 빠져서 하루를 사는 사람들이다. 겉보기에는 대단치 않지만 자기 일에 목숨을 걸고 사는 미친 사람들이다. 거리를 걸을 때도, 운전 중에도, 식사할 때도, 대화 중에도, 모바일에 빠져있을 때도, 모두들 미친 사람의 한 컷에 지나지 않는다. 그러나 사람들은 자신이 미쳤다고 생각하기보다 도리어 상대방과 세상이 미쳤다고 여긴다.

세상일에는 믿음과 행위에 그의 참 목적과 의지가 있듯이 사람들은 글을 눈으로 읽고, 마음으로 이해하고, 감동을 받고 그것을 통해 자신을 성찰하는가 하면, 때로는 어휘 자체에 얽매여 판단의 고삐를 죄고 따지기도 한다. '미쳤다'고 운을 뗀 친구의 표현을 빌리면 모두가 얼빠지고 미친 게 확실했다.

사소한 일에 넋을 잃은 사람들이 넘쳐나는 세상은 온통 미친 환자들의 소굴이고, 얼빠진 사람들이 수용된 정신병동이나 다름이 없다. 어떻든 미치지 않고서는 자신과 세상이 정상적으로 교류하고 공존하고 숨을 쉴 수 없기 때문이다.

내가 한때 절필을 생각했던 이유 중 하나도 미쳐버릴 것만 같은 나의 짜증스러운 생활을 정리하고 싶었기 때문이었다. 그러나 미치광이가 되지 않으면 세상을 살아낼 수 없다는 볼멘소리가 끊임없이 이명처럼 들렸기 때문에 미쳐서라도 살아야 한다는 일념으로 정신을 가다듬었다. 정말 한 가지 일에 미쳐버리지 않으면 삶에 대한 의욕도 의지도 사라지고, 미쳐 사는 사람이야말로 진정 오늘을 똑바르게 사는 사람으로 인정을 받을 수밖에 없기 때문에 나는 글 쓰는 일에 무릎을 꿇어야 했다.

지난날 암 투병하던 작가 B씨가 한 줄의 글을 더 쓰기 위해서

항암치료를 거부했다는 소식을 들었을 때, 세상 사람들은 그를 두고 "미쳤다."고 했다. 생명의 고귀함과 소중함을 모른다고 타박했다. 그런데 지금 나는 어떠한가? 그처럼 주위로부터 놀림을 당하고 미쳤다고 손가락질을 받으며 나로 살자고 넋두리를 늘어놓고 있는 건 아닌가? 보잘것없고 얼빠진 생각으로 한 줄이라도 글을 쓰는 것만이 생명을 살리고 이어간다는 생각에는 그와 다를 바가 없었다.

내 한 줌의 영혼이 시들지 않고 붓끝에서 꿈틀거리며 살아 움직일 수만 있다면, 나는 미칠지라도 두렵지 않다. 그래서 오늘도 틈틈이 생각이 머리에 꽂히면 때와 장소를 가리지 않고 미치광이처럼 생각의 메모장에 빼곡히 나를 새겨 넣는다. 이것이 훗날 내가 살아 움직이는 동력이 되기 때문이다.

하지만 미쳐야만 진정으로 자신에게 주어진 삶의 몫을 다 하는 것인가? 정치인이든, 신앙인이든, 경영인이든, 뭐가 됐든 온통 자신의 일과 생각에 지독히 미치지 않고, 주어진 일에 중독되지 않고, 진정으로 목숨을 내놓고 살지 않으면 제 몫을 다하여 산다고 할 수 없는 게 현실이다. 미쳐보지 않고는 절대 삶의 진가를 알 수 없기 때문이다. 정신병자들이 수용된 세상 병동에서 미치는 것이 정상적인 삶이고, 자신을 지켜갈 수 있는 힘이기 때문에 자신이 부족하고 어리석고 보잘것없을수록 한 가지 일에 더 매달리고, 종노릇하며 살아가야 한다. 볼록렌즈가 햇볕을 한 점에 모아 불꽃을 피우듯이 한 가지 일에 자신의 생각과 감정을 몰입할 때, 삶의 진가를 제대로 느끼고 태울 수 있기 때문이다.

하지만 때로 사람들은 미칠 수도 없고, 미치고 싶지 않을 때도 있겠지만, 자신을 철저히 살아내기 위해선 어쩔 수 없이 끝까지 미쳐봐야 한다. 그리고 자신의 미친 일로 세상으로부터 얻어낸 것이 있다면 반드시 회복시키고 보상해야 한다. 그것은 덜어내고 비운 만큼 채우는 자연의 법칙이기 때문이다. 곧, 한 가지 일에 미친 사람은 그가 행한 만큼 감사와 사랑하는 마음으로 훼손된 자리를 메워야 한다.

나는 오늘도 무아지경에서 이웃을 배려하고 최선을 다해 자신을 불태우고 희생하는 사람들을 생각하는 가운데 한방의(韓方醫) 친구의 배려하는 아름다운 마음을 기억해 본다. 그가 나에게 잠시나마 아픔을 이겨낼 수 있는 동기와 힘을 주었듯이 다른 이에게도 같은 마음을 베풀었을 것이다. 만약 내가 그를 소홀히 여기고 어깃장이나 놓고 고집만 부렸더라면, 아마도 내가 자신을 고치고 변화시키는 기회와 힘은 물건너가고 말았을 것이다. 그러나 그는 진실한 관심과 배려를 통해 더 아름답고 광활한 세상을 보고 터득할 수 있도록 나의 굳은 마음을 깨뜨리고 옹색한 마음을 한 겹 걷어내도록 힘을 보탰다.

나는 이후로 친구와 같은 한방의야말로 가히 명의(名醫)의 반열에 있다는 생각을 지울 수 없다. 나에게 대했던 것을 미루어 보더라도 그는 병을 고치는 의술뿐만 아니라, 명의가 갖추어야 할 덕목을 두루 갖추고 있었다. 무엇보다 덕을 베푸는 인술로 환자에게 최선을 다하고, 성실함으로 따뜻한 사랑을 나누고, 병들고 힘없는 환자를 가족처럼 보살피며 편안하고 행복한 마음을 입혀주는 성품까지 고루 갖추고 있었기 때문이다.

오늘도 많은 사람들이 어떻게 명성을 남길까 무치한 미치광이가 되어 갈 때, 지나온 그들의 자리에는 파도가 휩쓸고 지나간 바닷가 모래사장의 조개 껍데기처럼 덧없는 허상만 남긴다. 그러나 이(利)를 의(義)로 여기며 미쳐 날뛰는 그들의 모습에 반하여 신선하고 진실한 명의로서 친구의 마음이 나에게 깊이 전해온다.

믿음과 의인

·

·

·

　　📌 세상에는 바닷가 모래알같이 헤아릴 수없이 많은 사람이 살고 있다. 그중에는 현재 생활에 익숙하고 만족한 사람들도, 지난날 습관과 전통과 관행에 찌들어 헤어나지 못하는 사람들도 있다. 이 가운데 어떤 이는 전통적인 풍습과 타성에서 탈피하지 못하고, 어떤 이는 자신의 생활에 빠져서 사리를 분별하지 못하는 경우도 있다. 이런 상황에서 기성세대에 비하여 새로운 생활과 미숙하고 걸맞지 않은 환경에도 곧잘 적응하여 어려움을 극복하고, 자신을 희생하여 헌신적으로 봉사하는 사람도 있다. 하지만 정상적인 삶의 눈높이에서 보면 어쩌면 이들은 한마디로 정신이 덜떨어진 아둔한 사람들이다. 절박한 상황이나 고난 앞에서 자신의 이해관계를 따지지 않고, 순결한 사랑과 믿음 그리고 인간애를 아낌없이 자행하는 순둥이거나 얼뜨기이다.

　　예컨대 물에 빠진 사람을 보면 물속에 뛰어들어 필사적으로 구명하고, 길거리에서 갑자기 의식을 잃고 쓰러진 사람을 보면 지나치지 못하고 최선을 다해 의식을 회복시키고, 전철 승강장 밑으로 떨어진 사람을 보면 달려오는 전철의 위험에도 무릅쓰고 뛰어

내려 끌어올리고, 교통사고로 인해 승객이 차에서 빠져나올 수 없고, 아파트가 화마에 덮치어 삼킬 위험에 처해있을 때 자신의 안전은 아랑곳하지 않고 불 속에 뛰어들어 우선 인명을 구하고, 산악지대에서 사경을 헤매는 사람을 업고 하산하는 등, 평상시 제정신으로는 도저히 할 수 없는 위기의 순간에 목숨을 거는 사람, 불의나 불행을 좌시하지 않고 의를 행하는 사람을 일반인들은 소위 '의인'이라 칭한다. 막상 그러한 일을 행한 본인은 마땅히 해야 할 일을 한 것뿐이라고 겸손해 하지만, 자기 목숨을 지푸라기같이 여기고 목숨이 촌각에 달린 사람을 먼저 생각하는 마음은 사랑 없이는 결코 지켜낼 수 없다. 자신을 희생하기까지 사랑의 극치를 보이는 것이야말로 미친 경지에 빠져보지 않고는 맛볼 수 없는 인간의 일탈이기 때문이다.

의인은 신념이나 믿음을 가지고 불의의 사건 사고 앞에서 사랑으로, 의로운 모습을 드러내는 것이다. 어떤 위기 상황에서도 몸을 사리지 않고 뛰어들어 온 힘을 다해 자신을 버릴 수 있을 때, 인간의 고귀한 생명과 사랑의 의미를 깨닫고 기쁨을 맛볼 수 있다. 모든 일에서 자신의 희생은 단순히 말이나 생각만으로 되는 것이 아니고, 행함이 따를 때 실현될 수 있기 때문에 사랑은 참으로 귀하고 가치가 있다.

우리는 일상에서 뜻하지 않은 일을 만나면 기적이라고, 행운이라고 한다. 그리고 한곳에 깊숙이 빠져서 이루어낸 결과나 시간을 두고 우리는 축복을 받았다 하고, 행운을 잡았다고도 한다. 이 모두가 우연히 일어난 기행처럼 보이지만 평소에 마음에 품고 갈고 닦아서 실현된 일탈이고, 그 가운데 일어난 한 줄기 사랑의 불꽃이다.

  사람들이 길섶에서 네 잎의 클로버를 발견하면 행운이라고 하듯이 우리가 평소에 일상적인 삶의 열매나 결과를 두고 네 잎의 클로버처럼 여기고 감사하고 사랑한다면, 생활 자체가 기적이고 분명한 삶의 축복이다. 왜냐하면, 그 안에는 일찍이 자신만이 간절히 바라고 준비해 온 상당한 희생과 변화가 감춰져 있기 때문이다. 따라서 내가 남보다 뛰어난 축복을 받고 사랑을 나누기 위해서는 어떻게든 한 가지 일에 심취되고, 중독되는 것만이 최고의 가치이고 소망이다.

  그렇다면 과연 미친 사람의 일탈로 호칭되는 의인이란 어떤 사람일까?

  세상적인 의미에서 의인이라 함은 선을 행하는 정의로운 자, 불의를 참지 못하고 자신의 목숨까지 버리는 자, 소위 평소에 세상의 불의를 바르게 고치려고 위험 속에 뛰어드는 미치광이고, 부당한 폭력과 음해와 분노와 시기·질투 등 온갖 행각에서도, 탐욕과 편취와 갈취의 늪에서도 당당하게 진실을 밝히는 위인이다.

  이런 의미에서 의로움은 성서에서의 가르침과 다르지 않다. 즉, 의인은 세상이 인정하고, 인간들에게 애정을 품은 자, 곧 하나님이 인정하는 자, 하나님을 찾고 그에게 가까이 다가서는 자이다.

  인류는 아담과 이브가 선악과를 따 먹는 죄를 저지르는 순간, 하나님에게서 멀어지게 되었듯이 의인은 무엇보다 하나님의 말대로 따르고 행하는 자여야 한다.

  노아가 하나님으로부터 의인이라는 칭호와 완전한 자라는 칭찬을 받게 된 것은 곧 믿음으로 경외하고, 120년에 거쳐 방주를 짓고, 세상을 정죄하고 믿음을 좇는 후사로 그 시대에 세상을 심판할 하나님의 뜻에 따라 살았기 때문이다. 많은 사람이 노아를 향해 어리석다고 비난하고 조롱과 멸시를 퍼부었지만, 그는 오로지 믿음으로 순종했기 때문에 후세에 의인으로, 완전한 자로 칭송을 받게 된 것이다.

아브라함 역시 의의 조상, 믿음의 조상이라는 칭함을 받게 된 것은 한결같게 하나님에 대한 절대적인 믿음이 있었고, 하나님의 말씀을 의심하지 않고 순복했기 때문이었다. 행함으로 나타내는 것을 하나님은 의롭다 하였으니 믿음에 따라 행하는 사람은 의인으로서 완전한 자이다. 곧 아브라함은 독생자 이삭을 제물로 바치라는 하나님의 명령에 불평불만 없이 순종하는 행함을 보였다. 자기 목숨만큼이나 귀한 독생자 이삭을 제물로 바치라는 말에 갈등하거나 주저하지 않고 순복한 그야말로 의인임이 틀림없다.

노아와 아브라함을 의인이라 칭하듯 오늘날 의인이라 부름을 받을 수 있는 사람은 세상의 진리에 따라 믿고, 신실하게 행함으로 승화시킨 자라 할 수 있다.

사람에게는 각자 가장 귀히 여기는 것들이 있는데, 때로 세상은 가장 소중한 생명까지도 요구한다. 이때, 믿음으로 보이지 않는 사실과 가치를 의심하지 않고 요구를 받아들이고 행할 때, 그는 분명 의인의 반차에 이른다.

세상에는 올바른 의(義), 곧 선이 있고 그릇된 의, 소위 악(惡)이 있지만 그 결과는 행함에서 구분된다. 선하게 행하면 그 가운데 언제나 의의 열매가 맺히고 기쁨이 샘솟는다. 하지만 악으로 행하면 진실과 진리의 오묘한 의의 열매를 얻지 못한다. 선한 의를 행하는 사람은 이해하기 어려운 세상의 이치까지도 깨닫고, 마침내 하늘의 열매를 후히 얻는다. 바라건대, 우리 모두 선한 의를 행하여 의인의 반차에 서길 원한다.

이기적인 인간의 실망스러운 모습

•

•

•

✒ 근래에 눈에 띄는 추세나 분위기에 따르면, 동물 애호가들이 무분별하게 반려 동물들을 가족같이 취급하고 동거하는 즐거움에 흠뻑 빠져있다. 마치 애정 결핍증에 걸린 인간처럼 보일 정도로 민망스럽게 동물에 온정을 쏟아붓는 얼빠진 모습을 볼 때, 저건 아닌데 싶을 정도로 거부감이 든다. 가정에서 기르는 애완동물에게 애정을 노골적으로 드러내고, 동물의 차원을 넘어서 인간처럼 여기고 대하는 것이 민망할 정도로 지나치기 때문이다.

사회가 고도로 발달하면서 물질과 문명의 이기(利器)가 풍요로워지는 반면에 인간은 점차로 고령화되어 피폐해지고 자기중심이 되어가고 있다. 이 때문에 사람들은 상실되어가는 인간 본연의 성정(性情)을 되찾으려는 것이 동물에 대한 애정으로 표출되고, 애완동물의 그늘에서 좀처럼 벗어나지 못하고 거의 빈사 상태에 빠져가고 있다. 동물 애완이 사생활까지 자유롭지 못하게 하고, 심지어 갈급한 애정표현의 대상이 되고, 망부석이 되고, 가정에 보이지 않는 우상의 자리를 잡아가고 있다는 것은 막가는 인간의 측은함과 비애를 부채질한다.

이에 따라 근래에는 사회적으로 공론화하여 반려동물을 친구처럼 함께 놀고, 도시에 그들과 자유롭게 뛰고 놀 수 있는 놀이동산 같은 생활공간을 따로 만들고, 잠시도 곁에서 떼어놓지 못하고, 사람들 앞에서 부끄러운 줄 모르고 애정행각을 벌이는 얼빠진 모양새까지 연출하는 것을 보면, 한편으로 동물은 애완의 대상으로 동물답게 사육하되, 인간과 동물의 관계를 분명히 해야 하지 않을까 싶다.

사람들은 사회의 변화와 더불어 자신의 정체성을 잃지 않고 공허한 마음을 채우기 위해 집안에서 개와 고양이 같은 반려동물에 혼신을 기울여 가족과 다름없이 아름다운 동행을 하고자 한다. 하지만 반려동물은 한마디로 집 안에서 사람이 가까이 두고 기르는 애완동물일 뿐이다. 제아무리 깨끗하게 관리를 한다 해도 반려동물로 인해 인간의 건강과 위생에 폐해가 적지 않다.

동물도 동물 나름이겠지만, 인간이나 농작물에 피해를 입히거나 위협이 되는 사육동물에 대해서는 거리감을 둘 수밖에 없다. 사람들이 동물 간에 편애와 편견을 가지고 상황에 따라 속풀이의 대상으로 삼아 윽박지르고 학대할 뿐 아니라, 번거롭고 귀찮으면 길거리에 유기시키거나, 우릿간에 가두어 격리시키고 방치하는 것도 일상이다.

이처럼 인간 또한 이기적인 삶의 면모는 동물사육에서 보는 모습과 다를 바 없고, 때에 따라서는 대하는 정도가 훨씬 심각하고 골이 깊다.

예컨대 사회적 약자인 장애인과 노약자에 대한 편애와 학대는 다양하고 그 농도가 짙다. 거동이 불편하고 생활이 자유롭지 못한 노인들을 가정에서 거둘 수 없고, 생명을 유지시키기 어렵고, 동거의 즐거움이 되지 못하고, 생활의 방해물이 된다면, 소위 현대판 고려장이라 할 수 있는 호스피스 요양병원이나, 정신박약자 병동에 강제로 입원시키고, 미숙아들처럼 격리 수용하는 등, 갖가지 형태의 학대가 가해지는 것을 매스컴에서 보도하고 방영하는 것을 보면, 백세시대에 인간답게 'Well-being'으로 생명의 존엄을 지키며 'Well-dying'으로 생을 마무리한다는 것은 예삿일이 아니라, 마치 자신의 분신을 보는 듯하다.

동물들은 목적에 맞도록 훈련시키면, 사육자나 양육자에게 최선을 다해 기쁨을 준다. 그들의 보호 아래 사랑을 받는 모습을 볼 때, 동물의 처지가 어쩌면 인간보다 낫다는 생각이 든다. 동물은 사육자에게 순순히, 철저히 복종함으로 사랑과 보호를 보장받지만, 본디 인간은 처한 상황에 따라 이성적으로 판단하고 손익을 따져 기본적인 도리도 헌신짝처럼 버리는 이기적인 심성을 감추고 있기 때문이다.

이를 입증이라도 하듯 사회적으로 성년이 된 사람이 결혼 적령기가 되어도 일신의 안위와 편리를 위해 독신을 주장하고, 결혼 후에도 개인 생활에 부담이 되는 출산을 기피하고, 자녀 하나만 낳아 생활의 편의와 삶의 즐거움에 전념하자는 전향적인 사고만 보아도 그렇다. 더더욱 민감하고 참담한 사회적 비극은 언제든 자신에게 불편하고 불리하면 자제력을 잃고 분노를 터트리기 일쑤이고, 장소와 때를 가리지 않고, 심지어 병실이나 경찰서에서까지 '묻지 마 폭력'을 행사하는 현실에 있다. 그러나 자신이 문제와 무관하고, 사건에 휘말리는 것이 귀찮고 불편하면 외면하는 것을 생활의 미덕으로 삼는 것이다. 매사에 겉으로는 옳다고 두둔하고 맞장구를 치지만, 돌아서면 수선을 떨며 뒷북을 치는 두 얼굴을 드러내기 일상이다. 처음에는 불의 앞에서 냉철하지만, 진실이 명명백백한 사건에도 불구하고 억울함을 대변해주기보다, 소 잃고 외양간 고치는 시늉만 하고, 엉뚱한 분쟁에 휘말려 피해를 볼까 몸을 도사리고 비겁하게 인두겁을 쓰는 것이 인간의 실상이다.

세상이 잘못된 편견에 휩쓸려 어깃장을 부리면 스스로 가장 의롭고 깨끗한 척, 변화의 주체인 척, 대중 앞에 뻔뻔스럽게 나선다. 하지만 곤욕스러운 일에 맞닥트리고, 빈축을 사면 가증스럽게 본심을 감추고, 불의한 사람이 되기를 주저하지 않으며, 기회가 주어지면 언제든지 일신을 위해서 의를 휴지조각처럼 구겨버리고 등 뒤에 숨기 바쁘다. 자신에게 득이 되면 언제든 앞에 나서서 상대의 비리를 거침없이 토해내고, 세상을 향해 온갖 더럽고 추악한 거짓된 진실과 같은 편이 되어 가증스러운 거짓 증거까지도 만들어내기 일쑤다. 하지만 세상이 바뀌어, 사회가 변하고, 지위가 뒤바뀌어 과거의 허물이 밝혀지고 포토라인 앞에 서야 할 경우에는 뭇사람의 손가락질이 두려운 나머지 인면수심이 된다. 그리고 세상이 쳐 놓은 덫에 빠지지 않으려고 의리와 정의를 거적때기처럼 벗어던지고, 사실과 진실은 외면한 채 카멜레온처럼 몸 색깔을 바꾸고, 옷을 뒤집어 입기 바쁘다.

이러한 모습은 인류역사상 고금을 통하여 지금까지 일상 반복해 온 터, 철면피한 사람 때문에 왠지 마음이 애달고 잔망스럽다. 이들은 자기가 살아남기 위해 고약스럽게 남의 약점을 꺼내어 세상을 온통 벌집처럼 들쑤셔 놓음으로써 미친 광대 놀이마당으로 바꿔놓는다. 소위 정의사회 구현을 앞세워 자기 입맛에 맞도록 진실을 호도하여 거짓을 진실로 다루고, 가짜를 진짜로 둔갑시켜 속된 쇼를 정의롭다고 우대하고 치켜세우는 사회적 분위기야말로 우리가 도려내야 할 비굴하고 고질적인 환부가 아닌가 싶다.

그러나 지나온 과거를 돌아보면 진실하고 신실하게 전통을 지키며 부끄럽지 않고 비굴하지 않게 살아온 역사 속의 선배들처럼 초심을 잃지 않고 끝까지 의롭고 당당하게 살아 온 사람도 있으니, 그는 미친 경지를 넘어서 참된 의의 삶이 고스란히 녹아있는 사람이다. 이들이야말로 미치지 않으면 살아날 수 없는 세상에서 참과 거짓을 분별하는 지혜와 혜안이 있는 생활상을 추구하는 사람이다.

정치, 경제, 사회, 심지어 개인 일상까지 전 분야에서 예외 없이 미쳐 날뛰는 가운데 홀로 담담히 살아남기 위해서 근심 걱정, 탐욕, 분노, 시기, 질투와 불필요한 전통과 관습에 얽매인 무거운 짐을 모조리 내려놓아야 할 판에 아쉬움에 못 이겨 어깨에 가득 걸머지고, 까칠한 세상과 함께 덩달아 쇼맨십이라도 해야 한다니 이것이 이기적인 우리 인간들의 실망스러운 모습이 아니랴?

전례적인 사고(思考)

·

·

·

✒ 최근 매스컴에서는 동물 학대를 두고 외국에서조차 시끌벅적하다. 세차 후에 차의 물기를 닦기 위해 기상천외한 방법으로 몰티즈(Maltese:털이 길고 작은 애완견)로 걸레질을 하는 장면이며, 국내에서는 사육견을 며칠 동안 철창에 가둔 채, 먹이도 물도 주지 않고, 몰골이 볼썽사납고 피부병과 상처로 덧나서 진물이 흘러내려도 속수무책으로 방치하고, 한적한 시골거리로 피투성이가 된 개를 목줄에 묶어 오토바이 뒤꽁무니에 매달아 질질 끌고 다니는 장면이며, 동물 학대의 잔인함이 도를 넘어 날로 심해가고, TV나 유튜브(You Tube)를 통해 빅 뉴스거리가 되어 시청자들로 하여금 경악을 금치 못하고 분노케 하고 있다.

전례(前例)에 따르면 시골에서 경사가 나면 집안에서 닭, 돼지, 개를 도살해 왔다. 닭은 목을 비틀어 숨통을 끊고, 돼지는 멱을 따서 도축하는 것이 일상이었고, 개는 목줄을 나뭇가지에 매달아 질식사시키는 것이 예사였다. 그리고 뒷마당에서 장작불로 털을 그을리어 껍질을 벗기거나, 무쇠 가마솥을 걸고 팔팔 끓는 물에 넣었다가 꺼내어 털을 뽑는 방법으로 요리해 왔다. 그런데 최근에는 도시에서 놀랍게도 차량 뒤에 두 마리 백구를 묶어 질질 끌고 다니는 일이 목격되어 국민들에게 공분을 일으킴으로 크게 부정적 반향을 일으켰다. 아무런 저항도 못 하고 희멀거니 눈을 뜨고 목줄에 묶인 채 피 흘리는 개를 끌고 도로 중심부를 다니며 죽기까지 고통을 가하는 실상은 학대를 넘어 인간의 잔인무도함 그 자체였다. 하지만 동물도축을 생계수단으로 삼는 사람들에게 비위생적이고 혐오스러운 일은 비일비재하고 다반사일 뿐이다. 그래서 사람들은 보이는 현상만으로 경기를 일으키고 동물 학대라고 성토를 하지만, 많은 사람들은 잔인함과 비위생적임을 버젓이 알고도 아이러니하게 뒷전에서는 도축된 동물을 식용으로 선호하는 것은 전례와 비교해서 조금도 달라진 게 없다는 점에서 놀랄만한 일은 아니다.

결국, 삶의 진실은 보이는 그 자체보다 "보이지 않는 것이 더 나을지도 모른다."는 곽성진 시인의 생각처럼 외적인 현상보다 내적인 본질이 더 중요하지 않나 싶다. 생각과 몸에 익숙해 있는 전례(前例)가 온전하고 편하고 아름답고 좋아 보이기 때문일까? 느끼지만 듣지 않는 것, 경험하지 않은 것, 알지 못한 것들, 곧 드러나지 않은 습관과 전통에 숨겨진 것이 차라리 보이는 외적인 현실보다 더 가치가 있을지 모른다는 의미로 시인은 고백하는 것으로 들린다. 직관적으로 알고, 보고, 듣고, 느끼는 것보다 귀하고 값진 보화는 오로지 감추어져 있기 때문이다.

비록 세상에서 고발과 폭로로 시시비비가 앞을 가로막아도 전통적 관습과 생활의 실용성만 따진다면, 전혀 문제가 되지 않는 것들이 우리 생활 주변에 수두룩하다. 어떤 상황에서는 드러나지 않는 것 중에 일상적인 생각과 생활에서 그대로 이해될 문제임에도 지나치게 많이 듣고 아는 것들로 인해 생활에 민감한 걸림돌이 되는 것들이 있다.

여태껏 탈 없이 사용해 오던 생활용품에서 건강에 해로운 물질이 미량 검출되었다 해서 사회를 발칵 뒤집어놓는 사건만 보더라도 그렇다. 여성 생리대와 어린아이 기저귀에서 추출된 소량의 유해물질이 세상에 알려짐으로 사회가 크게 동요하고, 기업체가 하루아침에 문을 닫고, 제품생산이 중단된다면, 유해 여부가 어떤지 구체적으로 입증되지 않은 상황에서 동종의 다른 업체에도 제2의 피해를 보게 될 것이다.

검출된 물질이 단순히 건강에 해로운 물질이라는 이유만으로 피해 사실이 불확실한 상황임에도 문제를 수습하는 차원에서 유사제품 전량을 수거하여 폐기하고, 대대적으로 사용을 중단시키는 것이 과연 바른 정책이고 생각일까? 생활에서 유해 기준치의 허용범위가 주어지고, 대승적 차원에서 원인을 찾아 점차로 바로잡아 가도록 지도하고 감독함으로써 안전하고 건전한 사회를 이루어 가는 것이 바람직하지 않을까? 19세기처럼 유기농 천으로 만들어진 전통적인 기저귀를 사용하는 것만이 문제의 해법은 아니지 않은가? 이거야말로 사회와 국민과 정부가 하나의 목표를 위해 적극적으로 소통하고 협력하고, 의식을 전환하여 해결해야 할 문제이다.

유사한 문제는 공산품이나 식자재에서도 마찬가지다. 잘못된 상황을 극복하기 위해서 보도의 풍선효과를 최대한 차단하는 것이 급선무이지만, 반드시 시간이 지나고 사회가 안정되고, 인식이 바꿔면 쓰나미처럼 휩쓴 공포의 사건과 시간은 점차로 잦아들고, 사회적 분위기 또한 회복되고 평정을 찾게 될 것이다.

그러나 폭로와 보도의 희생양이 된 당사자와 국민은 한동안 후유증에서 벗어나지 못한다. 이러한 현상 중의 하나가 살충제 성분이 검출된 달걀 파동이고, 가습기 살균제의 폐해이고, 농가를 휩쓸고 있는 AI(고병원성 조류 인플루엔자) 발병으로 몇천, 몇만 마리의 가축들이 살처분되고, 발암물질의 기준치를 넘긴 라돈 침대 사태가 일파만파로 번져 반납소동이 전국적으로 일어나고, 먹는 고혈압약에서 발암물질을 확인하려고 환자들이 처방병원과 약국에서 북새통을 이루는 등 사회적 고난의 시간은 끊임없이 줄을 잇고 있다. 이런 상황에서 매스컴이 문제를 지나치게 심각하고 예민하게 다룸으로 사회적 혼란에 부채질하는 경향도 부정할 수 없다.

같은 맥락에서 외국산 식자재에 대한 그릇된 인식 때문에 원산지에 대한 표기가 의무화되고 있지만, 상인과 고객 간에 신뢰할 수 있는 안전장치가 무엇보다 선결되어야 한다. 유해물질이 검출된 물품을 규제하고 고발하고 처벌하는 것만이 최선책이 아니라, 한 치의 빈틈없이 국가에서 관리 감독해야 국민들의 인식도 문제적 사고를 줄이는 대책이 될 수 있다. 지금까지 문제없이 대처해온 전례적인 과거의 생활방식도 재고해볼 만하다.

삼시 세끼 쌀을 주식으로 삼고 있는 우리 국민이 실험실에서 검출된 미량의 수은과 납 성분을 근거로 식탁을 불신하고 부정적으로 대해야 한다면, 국민은 세상 어디에 발을 편하게 뻗을 수 있겠는가? 밭에서 나는 채소류도, 바다에서 나는 어패류 또한 그렇다. 여기에는 안전기준치 내에서 추출된 유해성분에 대한 사회적 여론에 지나치도록 민감하게 귀를 기울이는 국민들의 의식 또한 문제이다.

어차피 인간은 자연으로부터 얻은 이득만큼 해를 최소화하는 것이 인간과 자연의 관계에서 상쇄되어야 할 문제이다. 그래서 인간이 자연과의 관계에서 얼마만큼 이해득실이 있는지 그의 편차를 최대한 줄이도록 조절하는 것이 인간이 지켜야 할 최선이 아닐까 싶다. 인간은 항상 개선된 새로운 기술과 방법을 도입하고 의존하되, 지금까지 살아온 지혜로운 선조들로부터 전래된 방식도 병행하는 것이 참 예지이기 때문이다.

예컨대 자고로 매년 여름철 복날이면 시골 가정에서 개나 닭, 돼지 등 가축을 도축해왔다. 잔인하고 혐오스럽고 비위생적인 도축은 전기충격기를 사용하든 안 하든 크게 문제가 되지 않기 때문에 상세히 도축과정을 공개하는 것은 음식을 대하는 마음만 불편하게 할 뿐이다.

알 권리라 하여 세상 구석구석에서 벌어지는 사건들을 일일이 국민들에게 꼬치꼬치 모두 알린다면, 오히려 사회적 불안과 근심을 조장하게 될 것이다. 자신이 알 필요 없는 소소한 불필요한 사건 사고들을 덜 보고, 덜 듣는 것이 사회를 안정시키고, 정화시키고, 해독시키는 방법 중 하나가 되지 않을까?

세상에는 어디나 날카로운 매의 눈으로 사건 사고를 바라보는 고발인이 있는가 하면, 자기 그릇에 맞게 받아들이는 관찰자가 있고, 모든 일을 보이는 대로 생각하는 이도 있고, 오로지 사랑하는 마음으로 포용하며 이해하려는 이도 있다. 바라건대 세상을 바라볼 때, 자기 틀 안에서 마음을 조금만 더 헐겁게 열고, 생각을 더 낮추어 판단하고 신뢰하여 세상을 바라보는 것이 바람직하지 않을까? 전례적인 사고는 그대로 소중히 간직하고 존중하되, 새 변화에 맞춰 적극적이고 친숙한 마음과 사고로 새날을 열어가는 자세가 필요하지 싶다.

몽당연필 같은 신앙심

.

.

.

📌 한 가지 목적을 위한 삶의 방법이나, 생활양식이나, 기준은 상황에 따라 다르듯이 신앙생활도 천차만별이다.

신앙심이란 믿음의 칼로 어떻게 깎고 연마하느냐에 따라 모양이 달라지는 연필과도 같다. 연필심을 길고 짧게, 가늘고 뾰족하게, 뭉텅하게 다듬는 것은 각자의 몫이듯, 이는 마치 믿음을 어떻게 빚고 조각하고 만들어 가느냐와 같다.

믿음은 사랑, 소망과 더불어 자신을 어떻게 빚어내느냐에 따라 정제된 삶의 결정체이다. 그렇기에 사람들은 적어도 믿음에 감추어진 보화를 확신하고, 찾아내는 행함이 있을 때 비로소 가치를 지닌다. 이른바 각자가 뜻한바 대로 자신을 살듯이, 믿음은 글을 쓰느냐, 그림을 그리느냐, 어떤 용도로 사용할 것이냐 목적에 따라 재질도 다르고 깎는 모양도 달라지는 연필과 비유될 수 있다. 연필로 한 점을 찍고, 한 획, 선을 어떻게 긋고 그리느냐는 자신의 마음에 달렸지만, 이들이 모이면 뜻한바 전체에 생명을 부여하고 현실을 그려낸다.

영국의 경제학자 에른스트 슈마허(E. F. Schumacher)는 『작은 것이 아름답다』에서 "아주 작은 것부터 실천에 옮길 때 지구는 자연성을 회복한다."고 했듯이 믿음의 변화 또한 보일 듯 보이지 않는 세미한 것이 모여서 이루어지는 것이다. 점이 모여 선을 이루고, 물방울이 모여 냇물을 이루고, 누룩이 술과 빵을 만들고, 나일론 팬티에 보일 듯 말 듯 조각난 형상들이 모여서 하나의 온전한 형체를 이루는 것과도 같다.

최재천 교수는 『생명이 있는 것은 다 아름답다』에서 "동물들의 사는 모습을 통해 우리 자신도 더 사랑하게 된다."고 했듯이 세상은 거창하지도 화려하지도 않은 아주 작은 생명, 겨자씨만 한 사랑, 보잘것없지만 일찍이 몸에 밴 관습, 전통으로 명맥을 이어가는 삶이 가장 생명력 있고 아름답고 편하다. 따라서 모든 것을 하나의 규범에 묶어서 정형화하고 옳고 그름의 범주에서 바라볼 것이 아니라, 세상 관점에 따라서, 비록 폄하된 것이라 해도 '있다'는 사실 하나만으로 이미 가치를 다하고, 의미가 있고, 바르고 아름다운 것이다.

무엇이든 필요 이상으로 많고, 부당하게 짓밟힘을 당한다면 참을 수 없다. 동물을 사육함에 있어서 사랑으로 대하느니 혐오스럽게 대하느니 하고, 음식물이 우리의 입까지 어떻게 들어오느냐의 과정을 두고 위생적이니 비위생적이니, 건강에 유익하다느니, 해롭다느니 운운하지만 그것은 본질이 아니다. 몽당연필처럼 뭉뚝하니 보잘것없지만 올곧게 쓰임 받는 자체로 이미 의미가 충분하기 때문이다. 자기 나름 몸에 익혀진 대로 거치적거리지 않고, 자신의 온 힘을 다해 사는 것이 참으로 감칠맛 나는 멋진 인생이 아닐까?

개미가 먹이를 찾아 천하를 주유하고, 지렁이가 습지를 찾아 차도를 굼뜨며 갈지자로 건너고, 거미가 내일을 위해 찢겨진 거미줄을 밤새워 수리하고, 벌이 작은 꽃술에서 꿀을 채취하고, 인간이 하룻밤 사이에 만리장성을 쌓고, 몇억 광년 떨어진 우주 공간에서 지구에 도달한 작은 빛이 밤하늘을 수놓고 밝히는 것은 지상에서 신비롭고 아름다운 일 중 하나가 아닌가?

"로마에 가면 로마법에 따라야 한다."고 강요당하지 않고, 과거에 살아온 습관을 유연하고 익숙하게 유지하고 사랑하고 꿈꾸고 믿고 기다리며, 시련을 이겨내는 것이야말로 아쉬워하고 그리워할 것들이 아닌가?

우리가 간직한 작은 기억들, 마음에 아려오는 얼굴들, 거닐던 한적한 모퉁이 길, 낡은 집 처마 끝, 꿈결같이 스쳐지나 온 곳은 죽음과 더불어 어차피 잊히는 법이다. 이 때문에 살아있는 동안 생활과 몸에 밴 과거의 습관과 추억을 그리워하고 지키며, 생활의 리듬에 맞춰 하루를 살아가는 것이 가치 있고 아름답다 하겠다.

이는 굴러온 돌이 박힌 돌을 빼내는 것과 같이 새로운 것이 세상을 끊임없이 변화시켜가고, 작은 물방울이 바위에 구멍을 뚫는 것처럼 이미 생활에 깊숙이 적응되고 융화된 사고와 행위를 조금씩 바꾸어가는 것과도 같다. 이 때문에 발전하고 변화되어 가는 새로운 세상에 적응하려면 새것에 대한 생각을 깎고 다듬어서 언제라도 필통 속 몽당연필처럼 친숙한 자기 것으로 만들어가야만 한다. 생각과 마음에 생소하고 미숙하다 해서 반복되는 현상을 거부하고 생활로부터 단순히 멀리하고 떨쳐버리는 것은 우매한 일이다. 현대를 사는 데에는, 비록 새로운 것에 대한 거부감이 있어도 참고 견디어 빠르게 적응하며 온 힘을 다해 살아야 한다. 비록 작지만 생명이 있는 것, 오래됐지만 숨결이 남아있는 것을 변화시켜가는 것 즉, 몽당연필에 대해 연정을 품는 것은 아름다운 세상을 만들어가는 첫걸음이다.

기적과 감사

·

·

·

📝 아침 여명이 벗겨지기 전, 열대야 더위에 지친 나는 집 밖으로 나와 새벽기도회에 가다가 힘없이 시선을 발등 아래로 내려뜨리고 어정어정 걷다 보면, 어느새 인도블록 위에 깨알만한 검은 물체들이 쉬지 않고 움직인다. 나는 조심스레 발밑을 살피며 혹시라도 밟힐까 봐 보폭을 줄이고 천천히 걷는다. 움직임의 주인공은 바로 부지런함의 대명사인 개미들이다. 잠이 덜 깬 아침 일찍부터 낮 무더위를 피해 시원한 인도를 가냘픈 6개의 다리로 쉴 틈 없이 휘저으며, 후각과 촉각을 겸비한 더듬이를 앞세워 주위를 감지하고 냄새를 맡으며 재빠르게 먹이를 찾아 나서는 모습이다. 부지런한 놈은 이미 자기 몸집보다 큰 먹이를 입에 물고 쿵쿵대며 광야처럼 넓은 인도블록 위를 가로질러 어디론가 용케 길을 찾아가고, 어떤 놈은 재빠르게 먹이 있는 곳을 냄새 맡고 줄달음을 친다.

나는 그들의 자그마한 움직임 속에서 살아있는 생명을 본다. 어디서 와서 어스름한 아침 길을 통해 어디로 가는지, 미물인 개미가 길바닥에서 이리저리 헤매는 것은 참으로 신통하고 뛰어난 재주꾼임이 틀림없다. 그들이 알 수 없는 지령에 따라 미로를 찾아가는 모습에는 자연의 오묘함이 깃들어 있다. 가야 할 길을 교묘히 찾아가며, 그것으로 자신이 지상에서 다른 생명체 못지않게 하나의 존재를 과시하는 것은 놀랄 만하고 성스럽기까지 하다.

세상의 기적은 커다란 사건으로부터 일어나는 것만이 아니라, 작은 나비의 퍼덕이는 날갯짓으로부터 시작되는 것인즉, 기적의 섭리는 크고 작음에 있는 것이 아니라, 이미 존재하는 것 자체에 있었다. 기적의 크고 작음을 구별하는 것은 우리 인간의 어리석은 기준일 뿐이다.

모세가 홍해를 가르고, 요나가 물고기 뱃속에서 사흘 동안 있다가 뭍으로 토해지고, 예수가 다섯 개의 떡과 두 마리의 생선으로 오천 명을 먹이고도 12 광주리를 남긴 오병이어의 사건도, 예수가 십자가에 못 박혀 죽은 지 삼 일만에 살아난 사건도 기적이지만, 가을 녘 미풍에 낙엽이 지고, 조각구름이 비를 내리고, 아름답게 석양에 걸린 태양도, 폭우와 광풍이 동반한 태풍, 해일과 지진 같은 자연의 재해도, 인간의 눈에는 기적 중 기적이다.

기적 뒤에는 항상 감사가 따른다. 해일로 인해 바다가 뒤집혀 바닥까지 정화되고, 바람과 비로 인해 미세먼지가 씻기고 대기를 맑히듯이 하루를 살아가는 일분일초도 빼놓지 않고 감사로 이어지고 있다. 지나온 삶을 돌아보면 어떻게 이 자리까지 와있는지, 밥상을 마주하고 앉아 눈을 보고 피식 웃을 수 있는지, 꿈만 같고 참을 수 없는 감사와 기쁨이 복받쳐 오르고 눈물겹다.

감사의 크기는 기적의 종류에 따라 다른 게 아니라, 기적 자체가 감사이기에 크건 작건 무관하다. 감사를 크기로 비교하거나 무게로

따진다면 지구의 크기와 무게로도 부족하다. 세상은 기적의 보자기로 덮여있어서 찾고 찾는 사람에게 언제나 기적을 보이고, 감사의 함성이 자신도 모르게 터져 나온다. 사실 알고 보면 기적은 믿음에서 나온 감사의 실체이다.

믿음은 없는 것, 의심스러운 것에 대한 확신이나 인정일 뿐이 아니라, 있는 그 자체로 현실에 귀의하고 순복하고 순응하는 마음이다. 내 의지에 따른 것이 아니라, 굴곡지고 거칠어도 주어진 그대로 신뢰하는 마음이다. 곧 믿음은 가상적인 사실의 실현이나 인정뿐만이 아니라, 정신과 육체가 담고 있는 현실에 대한 구체적인 확증이다.

삶 자체가 감사로 느껴질 때 산다는 것은 통째로 기적이다. 그래서 하루하루에 감사를 느끼지 못하는 삶은 죽음이고, 생명력이 소진하여 버려진 쓰레기와 같다. 감사하는 마음은 곧 기적의 발원지이고 끝이다. 눈을 뜨고, 몸을 뒤척이고, 숨을 쉬는 일로부터 발가락을 꼼지락거리며 거동하는 일상에서 감사가 느껴진다면 하루의 삶은 기적이다.

개미가 살아 움직임 속에서 스스로 기적을 찾아내듯이 우리는 미미한 생활을 통해서 감사를 낳고 마음에 충전하여 기적을 쌓아 올린다.

바늘구멍만 한 빛이 천지를 밝히고 우주의 흑암을 물리치듯 우리 생활의 풀잎에 이슬처럼 맺히는 감사는 놀랄 만한 기적들을 일으키고, 삶의 양상을 바꾼다. 아침이슬에 촉촉이 적신 세상은 꿈을 꾸고, 생명을 살리는 동력이 되기 때문이다.

때로는 큰 기적이 커다란 감사를 자아내지만, 자못 교만을 부르기 쉽고, 잡다한 욕심과 무료한 번뇌의 포로가 되어 죄악과 허물로 세상을 좌절시키기 쉽다. 비록 작더라도 귀중한 사랑, 믿음, 기쁨과 소망이 담긴 삶만이 기적의 거목으로 자라고, 이에 대한 감사만이 세상에 큰 너울을 일으킨다. 따라서 삶을 잇는 감사는 거울 속에 마주 보는 기적과 맞물려 떼어낼 수 없는 빛과 그림자로 함께 존재한다.

생사의 문턱에서

·

·

·

✍ 삶과 죽음, 행복과 불행은 졸음처럼 촌각에 자신도 모르게 찾아온다.

어느 날 나는 아내와 함께 춘천에서 무료한 하루를 벗어나기 위해, 가방을 챙겨 들고 동해안으로 바람을 쐬러 차를 몰고 아침 일찍 집을 나섰다. 오랜만에 갖는 분위기전환이라 그랬던지 마음은 훨씬 가벼웠고, 기분 또한 상쾌했다. 당일에 서둘러 갔다가 돌아오기에는 거리상 멀었고, 건강을 고려할 때 서두르지 않았다. 여유롭게 쉬엄쉬엄 휴게소에 서다 가다를 반복하며 산길을 굽이쳐 오르던 우리는 도중에 높다란 산허리에 전망대처럼 세워진 내린천 휴게소에서 휴식을 취하고 피로도 풀었다. 그리고 무작정 떠난 여행이었던 터라 목적지에서 하룻밤 숙소를 정하기 위해 고속도로에서 핸드폰으로 교원공제회를 통하여 속초근교의 금호 리조트에 예약을 했다.

우리는 목적지에 도착하자마자 짐을 풀고, 먼저 바닷가에 접한 시원한 동명항에서 생선회와 매운탕으로 점심 식사를 하고, 척산 온천장에 들러 피곤한 몸을 풀었다. 그리고 전복죽으로 저녁 식사를 마친 후, 어둑어둑해서야 잠자리로 정한 리조트에 입실했다.

8층에 자리를 잡은 리조트 숙소에서 내려다보이는 바깥 전망은 시원스러웠고 봄기운을 한결 가깝게 느낄 수 있었다. 멀리는 고속도로가 산기슭을 타고 굽이굽이 뻗어 있었고, 그 사이에 옹기종기 모인 마을은 한 폭의 수채화 같았다. 4월에 접어든 봄철이었지만 바깥 날씨는 을씨년스러웠고, 초겨울을 방불케 할 정도로 싸늘했다. 그래도 오랜만에 바깥 공기를 쐬는 우리 가슴은 뻥 뚫리는 것 같아 참 잘 왔다는 생각으로 마음이 한껏 뿌듯했다.

리조트에서 하룻밤을 지낸 우리는 잠자리에서 일어나자마자 저녁에 편의점에서 사다 놓은 라면과 떡볶이와 햇반으로 간단히 아침 식사를 해결하고, 다시금 온천장에서 잠시 휴식을 취한 후, 고속도로를 통해 춘천으로 돌아갈 준비를 했다.

외지에 나오면 언제나 잠자리에 예민하여 밤잠을 설치고, 생활 리듬이 깨지고, 일상 습관이 비정상이 되어 몸과 마음이 편치 못했던 나는 간밤에 숙면을 취하지 못했던 탓인지 피로가 쌓여 온몸이 찌뿌드드했고, 이를 반영이라도 하듯 운전 도중에 잠깐잠깐 졸음이 눈꺼풀 위에 내려앉았다. 하지만 눈을 부릅뜨고 차창을 열고, 바깥바람을 쐬며, 라디오 음악으로 분위기를 바꾸기도 했고, 휴게소에서 커피로 졸음을 쫓으며 천천히 차를 몰았다.

순간적인 졸음은 운전 도중 나에게 늘 찾아오는 친숙한 손님 정도로 대수롭지 않게 여기고 줄곧 고속도로를 내달았다. 어느덧 춘천 시내가 내려다보이는 원창 고갯길 정상에서 춘천 휴게소를 눈앞에 두고 나는 상하행선 도로가 시멘트 중앙 분리대로 나뉜 고속도로의 출구를 향해 1차선 내리막길에 들어섰다. 빠른 속도에서 한순간도 방심하지 않으려 눈을 크게 뜨고 핸들을 힘껏 잡았으나, 집에 다 왔다는 안도감에 가물거리는 눈앞에서 멀찌막이 저승사자가 나를 지켜보고 있다는 것을 깜박 잊고 힘없이 내려앉는 눈꺼풀을 이겨내지 못한 채, 졸음에 끌려 들어가고 말았다.

갑자기 차 앞바퀴가 왼쪽 중앙 분리대 옹벽에 부딪고 벽을 타고 위로 반쯤 튀어 오르는 느낌이 들 정도로 오른쪽으로 기울고, 뒤집힐 듯 뒤뚱거리는 흔들림과 아내의 놀란 외마디에 나는 정신을 바짝 차리고 차의 균형을 잡으려고 핸들을 꽉 붙들었다. 순식간에 벌어진 상황을 옆에 앉아서 보고 있던 아내는 혼비백산하여 손쓸 틈도 없이 소리를 질렀고, 나는 아내의 괴성에 정신을 차렸다. 그러나 이미 위태로운 상황이 휩쓸고 지난 후였다.

겨우 정신이 든 나는 운전대를 붙들고 꿈을 꾸듯 멍하니 앞 차창만 바라보았다. 그리고 아무 일도 없었다는 듯이 아내를 계면쩍게 힐끔 곁눈질하며 고속도로 일차선을 따라 허리를 곧추세우고 달렸다. 가끔 백미러를 보며 가까이 뒤쫓아 오는 차가 있는지, 옆 차선에 운행차량이 있는지 살피고 놀란 마음을 달래며 앞만 주시하고 주행을 계속했다.

백미러로 보이는 뒤 차량의 운전자는 나의 위험한 주행에 놀랐던지 조심스럽게 멀찍이 떨어져 뒤쫓아 왔다. 중앙 분리대 시멘트 방어벽에 부딪고 고속도로 안쪽으로 튕기며 잠시 갈지자로 움직이던 내 차를 보고 당황한 그 역시 백미러에서 나에게 별일이 없었느냐고 묻는 표정이었다. 정신을 차린 나는 아무런 일도 없었던 양, 정신을 가다듬고 앞만 뚫어지게 바라보고 달리며 안심을 시켰다.

잠깐 졸음에 정신이 빨려든 사람치곤 의외로 나는 태연자약했다. 만약 그 위기의 순간에 옆 차로나 뒤에 바짝 쫓아오던 차가 있었더라면 어찌 되었을까? 생각만 해도 가슴이 섬뜩하고 눈앞이 아찔했다. 아내는 어떤 상황이 닥쳤는지 빤히 보았기 때문에 놀라서 넋이 나간 상태였지만, 나는 멋쩍게 머리를 긁적거릴 수밖에 없었다. 위기의 순간을 직접 체험하지 못한 나는 부끄러운 순간에서 벗어나려고 줄행랑을 치듯 앞으로 빨리 내달았다.

우여곡절 끝에 톨게이트를 벗어나 가까스로 집에 도착한 나는 놀란 탓인지 밤늦도록 무표정으로 할 말을 잃었다. 나는 하루의 정신적 육체적 피곤함에 식사도 제대로 못 하고 잠자리에 들었다. 대형 교통사고를 낼 뻔한 나는 가위에 눌려 자다가 벌떡 일어나 멍하니 한동안 낮에 일어난 일을 더듬었다. 뒤늦게 비로소 순간 졸음으로 인하여 일어난 일이 얼마나 큰 위기의 상황이었는지 깨닫고 정신이 번쩍 났다. 도저히 몸이 떨려 잠을 더 이룰 수 없어서 한동안 꼼짝도 못 하고 앉아 한숨을 내쉬었다.

"감사합니다."

죽음의 문턱까지 갔다가 되돌아온 사실을 깨달은 나는 눈앞에 죽음의 두려운 환영들이 떠올랐다. 만약 단 1초라도 늦게 순간적인 졸음에서 깨어나지 못하고 악몽 같은 사고로 이어졌더라면, 지금쯤 나와 아내는 어떤 상황에 처해 있을까 갑자기 두려움이 밀려왔다. 아마도 병원 응급실에 한자리 차지하고 아이들이 둘러서서 바라보고 있을 것이라는 생각에, 아직도 숨을 쉬고 있다는 사실에 감사했다. 그 끔찍한 시간을 뒤늦게라도 기억해낼 수 있음에 감사와 기적은 언제나 가까운 곳에 있음을 느꼈다.

삶과 죽음, 행복과 불행은 따로 정해져 있는 것이 아니라, 한 찰

나에 결정된다는 사실을 체험한 나는 현실 앞에서 숙연해질 수밖에 없었다. 평상시에 항상 조심하고 자신을 지키며 겸손하게 세상을 바라봐야 한다는 소리가 마음속에서 환청처럼 울렸다.

다음날 나는 중앙 분리대에 부딪힌 앞 타이어를 점검하기 위해 정비소에 들렀다. 정비사는 나의 이야기를 듣고 "하나님이 보호하사."라고 웃으며 나를 빤히 바라다보았다. 그때 나는 비로소 오늘을 살고 있음이 실감 났다. 그의 말끝에서 하나님이 나에게 아직도 할 일과 기회를 예비하고. 목적을 이룰 수 있도록 힘을 공급하고 있음이 믿겨졌다.

지금까지 끝내지 못한 일을 마무리 짓고, 한 가닥 아름다운 꿈을 맛보이려고 여태까지 기다린 하나님의 마음이 은밀히 느껴졌다. 내 여생의 마지막 소망과 기회를 이웃으로부터 외면당하지 않고 회복하고, 떳떳하게 내 시간을 되돌려 받을 것이 확신되었다.

그 후로 나는 주어진 하루에 더욱 감사하고, 생과 사, 행과 불행의 순간을 넘나드는 은혜와 진지한 삶의 의미를 되새기게 되었다. 앞으로 내가 할 일이 무언지 하나님이 분명히 예비하고 기회의 문을 열어줄 것으로 믿겼다. 이를 위해 나에게 알맞은 삶의 열매를 맺도록 용기와 거름도 주고, 생명까지도 연장하여 준 사실을 확신하고, 오늘도 값진 하나님의 거룩한 여명이 내 영성에 밝게, 그득히 비추어지길 기도한다.

기회는 크건 작건 누구에게나 주어지기 마련인데 자신의 능력은 모르고 매번 남에게 핑계 대고 책임을 떠넘기고, 그들의 인식과 안목이 잘못됐다고 오히려 아쉬워하며, 모든 기회가 내게서 비껴갈 때마다 투정하고 불평하고 절망하고 실망하고 좌절했던 자신을 뒤돌아보며, 여태껏 세상을 쉽고 가볍게 여겨 온 모습이 왠지 오만하다 못해 초췌하게 여겨졌다. 나는 오늘을 통해 그동안 감사함으로 되찾은 새 생명의 기회를 다시는 놓치지 않도록 모든 것을 사랑하기에 이르렀다. 작은 것에 큰 의미를 두지 않았던 교만의 혼수 상태에서 나를 일으켜 세우고, 자신을 돌이키는 계기로 삼기에 이르렀다.

그동안 과연 나에게 삶의 가치가 어디에 있었던 걸까? 성취에만 있고, 실패는 절대 허용할 수 없다는 마음이 매일 나의 가슴을 긁고 낙담케 하지 않았던가?

죽음의 문지방과 같은 일상이 내가 바라던 희망을 송두리째 빼앗고 좌절토록 한 적이 한두 번이 아니었다. 거미줄에 희망을 걸고 세상 성공에 도전하고 응모하여 기대에 부풀어있을 때, 생각과 달리 여지없이 실패를 맛보았을 때, 실망과 박탈감으로 자학하며 다시는 회복되지 않을 시련이나 재앙인 것처럼 자신을 포기하려 했던 때, 그리고 나의 무능함을 비로소 깨달았을 때, 남들로부터 인정받지 못하여 찾아드는 자괴감과 비애는 말할 것도 없고 그동안 가졌던 자신에 대한 신뢰마저 여지없이 꺾이었을 때, 혹시나 하는 막연한 기대로 버티던 기회조차 한순간에 빼앗김에 망연자실하여 그나마 연명(延命)해왔던 나의 생목숨을 버릴 위기상황으로까지 이르게 했을 때, 내가 모든 것을 포기한 고통의 무게는 죽음의 문턱만큼이나 무거웠다. 나는 나 자신과 세상을 믿고 든든한 신뢰를 쌓았다고 생각했는데, 뒤돌아보면 지금까지 살아온 틀에서 한 발자국도 벗어나지 못하고 변방에서 건방을 떨며 장독간에 둘러쳐진 울타리 안에 갇힌 채 서성이고 있었다.

하지만 생과 사를 갈라놓는 문지방 앞에서 위험한 한 걸음을 헛디디지 않도록 돌출된 문턱으로 가로막아 걸려 넘어지도록 생명을 지켜주고, 바짓자락을 붙잡아 다시 세상으로 끌어당긴 하나님의 마음이 과연 무언지, 살아남은 생명이 무엇을 의미하는지 새삼스러웠다. 지켜진 생명은 세상이 알아주는 영예가 아니라, 바로 나 자신에게 있음을 확신하고 한두 번의 실패와 절망이 앞으로 더 따른다 해도 포기하지 않고 기회를 기다리고 살리면, 반드시 나의 삶에 접목될 하나님의 뜻과 계획이 있을 거라는 믿음을 갖게 되었다. 그리고 불필요한 탐욕을 아쉬움 없이 비우는 순간에 기적처럼 새 소망이 회복될 것을 확신한다.

끝까지 최선을 다하여 오늘의 선한 싸움을 준비하는 삶, 영생을 위해 하루의 촌각도 아끼지 않고 하나님께 모두 드리기로 다짐한 나는 이를 위해 오늘을 기쁨으로 준비한다.

삶의 한순간

·

·

·

 지금 내가 사는 순간은
내가 도달할 수 있고
더 이상 뒤로 물러설 수 없는 마침표,
숨이 걸려 있고
전 생애가 응축된 내 삶의 유일한 유산,
화려한 성공, 비참한 실패로 통하는 출입구,
아른거리는 앞날을 향한 생명의 씨앗이다.

지루하고 무료해서 꾸벅 잠깐 졸아도
거슴츠레한 눈으로 공허한 시간에 빠져들어도
놀이터에서 뛰노는 아이의 모습에서
왁작 지껄한 광장에서
생활이 꾸물대는 거리에서
삶이 숨쉬는 장터에서
세상 틈새로 간간이 내가 엿보이면
나는 순간 나를 사는 것이다.

마냥 게으름 피우며 시간을 축내도
누군가 못살게 치근덕대도
세상과 입을 맞대어 쑤군대도
숨을 헐떡거리며 맥박이 약하게 짚이고
링거액이 방울방울 떨어지는 것이 보이면,
이것만으로도 충분히 나는 순간을 사는 것이다.

뒷바람이 불고 샛바람이 세차게 밀려와도
노천 광장에서
역 구내 벤치에서
지하철 통로에서
독서실 쪽방에서
웅크리고 쪽잠을 잘 수 있는 것만으로도
나는 이미 나를 살고 있는 것이고
껌벅이는 눈 안에 들어온 세상만큼
나는 기어코 나를 살아내야 한다.

철 따라 명품가방
메이커 옷가지 걸치고
귀, 코, 입술에 주렁주렁 액세서리를 꿰고
문신을 하고
높은 굽에 기우뚱거리며 거리를 활보하고
실컷 먹고 대자로 누워 잠을 청하고

끝없는 욕망을 향해 열심히 달음질쳐도
내 삶이지만
궁핍하고 힘들고 매사가 귀찮아도
의식의 불꽃이 꺼지지 않는 한
촌각도 내가 사는 것이기에
나는 한 찰나도 놓치지 말고 실컷 살아야 한다.

내가 철저히 닳아 없어질 때까지
쓸어담을 기억이 말라비틀어질 때까지
무관심에 완전히 떨어지는 순간까지
손가락 한 마디 꼼지락댈 힘이 남아있다면
그때가 바로 내가 사는 순간이다.

나는 매일 아침마다 눈을 마주하고 앉아
웃을 수 있고,
이야기를 나누며,
식사시간에 젓가락질할 힘이 있고,
아무 때나 삶의 갈증을 달래기 위해
물 한 모금 마실 수 있으며,
생각을 자유롭게 펼쳐
마음이 가는 곳마다
옮겨 갈 수 있는 생활의 여백에 감사한다.

비참한 삶과 여백의 삶

·

·

·

  ✒ 사람이라면 살면서 적어도 한 번쯤 철저하게 스스로 비참해본 적이 있고, 다른 사람에게 참담해 보인 적도, 세상에 대해서 처절해 보인 적도 있다. 그런가 하면 비참을 넘어 한없이 사랑스럽고 편하고 여유로울 때도 있다. 그렇다면 내 삶 중에 가장 비참할 때는 언제였던가?

  자신이 무기력하고 보잘것없고 하찮다는 생각이 고개를 들고, 생활이 무료하고, 어디에도 쓸모없는 쓰레기처럼 푸대접받고, 세상만사가 귀찮고 병들어 육신이 허약할 때, 사람들로부터 무능하다고 손가락질받으며 빈축을 사고, 자괴심으로 풀썩 주저앉고 싶을 때, 억울함을 당하고도 한마디 말 하지 못할 때, 천지간 어디에도 소망이란 없이 혼자일 때, 자신이 죽도록 증오스럽고, 비굴하고, 가련하고, 가증스러울 때 비참하지 않았던가? 마음이 아리고, 고통이 쉬지 않고 엄습할 때, 몽매에 빠져 헤맬 때, 앞으로 어떻게 살아야 할지 앞날이 망막하고, 절망적일 때 참으로 참담하고 비참하지 않았던가?

  스스로 잘나고 똑똑하고 부러울 게 없다고 자신만만했던 자신이 잠자리에 누워 내 힘으로는 아무것도 할 수 없고, 죽음을 앞두고 피할 길을 찾지 못하고 오로지 혼자 살겠다고 피를 말리며 다툼질을 하고 자책할 때, 그리고 못나게 낫살깨나 먹었다고 허세를 부리고, 자존심 거슬리는 말 한마디에 기가 꺾이고 풀이 죽고, 상대에게 얕잡히고, 훤칠한 외모가 무색할 정도로 흉측하고 추레하게 대우를 받을 때, 죽을 날을 헤아리며 푸념이나 늘어놓고, 도움이 필요한 자를 도와줄 수 없어 넋을 놓고 하늘만 올려보고 한숨을 내쉬어야 할 때, 참으로 비통하여 비참함을 느낀다. 더구나 남들에게 거치적거리고 거추장스럽게 비칠 때, 참담한 비애를 느낀다.

동시대 사람들이 모두 세상을 떠나고 홀로 남아 가슴이 텅 비고 허전할 때, 걸친 누더기 옷에서 눈살을 찌푸리도록 찌든 땀 냄새, 음식 냄새가 풍기고, 지저분하다고 주위로부터 외면당하고, 자신이 초라하고 비천하게 느껴지고, 가엽고 애처로울 때, 세상의 무관심 가운데 떨어지고, 홀로서기 위해 억지 춘향으로 교만을 떨어야 하고, 주위로부터 굴욕적인 대우를 감내해야 하고, 게다가 살림살이마저 궁색하여 사랑이 절실할 때 누구도 비참에서 빗겨갈 수 없다.

이 밖에도 죽고 싶도록 비참할 때가 또 있으니, 손에 가진 게 없이 자존심으로 버티고, 불손하고 오만 방자하게 실추된 위신을 회복하려고 쓸데없이 뒷말을 무성히 뿌리고 허탄한 몽매에 헤맬 때, 절실한 도움의 요청에도 결코 손을 뻗을 수 없고, 앞날이 아득히 먼 대해(大海) 같고, 현실이 참혹하고 암담하여 부끄러움조차 모를 때이다.

또한 얻은 명예도, 재물도, 지식도, 명성도 심지어 자신의 건강마저 잃고 누구로부터도 마음을 얻지 못할 때, 돌이킬 수 없는 실패만 거듭할 때, 지난날의 사회 공포증(social phobia)에서 빠져나오지 못하고 근심 걱정에 함몰될 때, 지난날이 절실하고 간절하도록 눈앞을 가리고, 믿었던 사람으로부터 하루아침에 배신을 당하고, 절망의 구렁텅이에 빠져서 불에 탄 잿더미처럼 폭삭 주저앉아 아득한 그리움에 사무칠 때, 참으로 세상 앞에서 한 치도 움직일 수 없는 커다란 바위 같은 비참함을 느낀다. 이럴 때 나는 얼음장같이 차갑고 굳어버린 마음을 녹이기 위해서 감사에서 삶의 여백을 찾고, 쉼이 있는 짬을 갈구하고, 간식 시간 같은 행복을 꿈꾼다.

반면에 나는 사람들이 이루어낸 고대의 웅장한 조각과 건축을 보고 그 당시 인류의 기술문명으로 어찌 그리도 불가사의한 건축물을 수십 년에 걸쳐 축조할 수 있었는지 그들의 놀랄 만한 기술과 끈기와 경이로운 여유로움에 감탄하고 흠모한다.

그런데 현대인은 어떠한가? 단시일 안에 공적을 나타내 보이려고 온갖 기술과 인력과 자금과 권력을 동원하여 조급하게 자기 앞에 놓인 일을 단숨에 끝맺으려고 입에 거품을 문다. 어느 누구에게도 자신의 업적을 양보할 수 없고, 자신만이 오로지 키-맨(Key man)이라며 오만을 부리고, 포기하지 않는다. 그들은 하나님의 힘과 영으로 여유롭게 완벽하게 해낼 수 있음에도 심지어 사람의 영혼까지도 요구하며 모든 상황을 무시하고 무리수를 둔다. 그때마다 계획은 번번이 좌절되고 쓰러질 수밖에 없다. 하지만 모든 일은 자신의 힘과 고집만으로 되지 아니함을 뒤늦게 깨닫고, 마음의 쓴 3뿌리인 탐하는 마음, 노하는 마음, 어리석은 마음을 내려놓을 때 세상을 바꾸게 될 것이다.

바위처럼 굳어진 마음, 여유라곤 털끝만큼도 없이 자신만이 최고이고 전부라는 교만한 마음이 얼음물처럼 녹아내릴 때, 세상이 열리고 삶이 여유롭게 풀린다. 따라서 우리는 마음으로, 생각으로, 육신으로 굳어가는 외형적 변화를 버려야 한다. 곧 자신의 마음에는 빈틈없이 꽉 채운 화폭이 아니라, 여백이 유연한 선(線)이 필요하다. 곧 여백의 마음은 오로지 자유롭고 싱싱한 기운에서만 이루어지기 때문이다. 그날그날 느긋하게 곰살가운 성품으로 사는 삶이 아름다운 여백을 낳기 때문이다.

예로부터 동양인은 모든 면에서 정적(靜的)인 여백의 미를 중시해 왔기 때문에 동양화에서 화폭이나 서폭을 단 하나의 선으로 전체의 아름다움을 잘 나타낼 수 있었다. 병풍이나 도자기에 붓과 먹을 통해 선을 그리고, 여백에 시와 글을 써넣음으로써 화폭을 섬세하고 다양하고 아름답게 표현할 수 있었던 것처럼 동양화는 선의 아름다움과 여유로움이 깃든 동적인 정신으로 여백의 미와 중용(中庸)의 미를 가장 잘 표현하였다. 이에 반하여 서양화는 사실적 묘사에 중점을 두고 명암이나 색감을 강조하여 화폭에 빈틈없는 색칠로 화선지에서 선을 통한 여유로운 여백의 미는 찾아볼 수 없다.

대학 시절 은사인 손재준 교수님께서 독일시 강독 첫 시간에 들어오셔서 하신 말씀이 여태껏 기억에 남는다.

"나는 매주 명동에 나가서 사람들의 살아가는 모습을 구경한다."

라고 하시던 교수님은 복잡한 현대인 생활 속에서도 참으로 여유로운 삶의 의미를 생각의 여백에서 찾으셨던 분이었다.

나의 삶은 하루하루 비참하고 참담하게 느껴져도, 여유로움 속에서 기쁨과 환호, 사랑과 온화한 마음이 꽃을 피운다. 비참함 가운데 여백으로 얻은 감사는 죽어가는 영혼에서 찾아낸 보석과도 같다.

나는 한해를 뒤돌아보며 내가 어떤 상황에 부닥쳐도 늘 갖는 마음은 단 한 가지로 감사하는 마음, 곧 여백의 마음이다. 지금까지 하루하루를 이어갈 수 있음은 역시 느긋하고 넉넉한 하나님의 마음과 축복이 있음 때문이다. 그뿐만 아니라 건강을 지키며, 나를 잊지 않고, 이웃을 기억할 수 있음 또한 감사하는 마음의 여백에 비결이 있다.

나는 매일 아침마다 아내와 눈을 마주하고 앉을 수 있고, 이야기를 나누며 식탁에서 밥술을 뜨고, 아무 때나 삶의 갈증을 달래기 위해 물 한 모금 마시듯 생각을 자유롭게 펼치고 마음이 가는 곳마다 옮겨 갈 수 있는 생활의 여백에 감사한다. 내가 호들갑을 떨며 건강을 지키려 들지 않아도 언제나 어딘가 약하고 부족할 때, 꼭 필요한 만큼 건강을 알맞게 채워주시는 하나님께 감사를 드린다.

새해에는 하나님의 사랑이 온 누리에 퍼지고 새 힘을 충전하는 또 다른 원년이 되길 기원하며, 나에게 끊임없이 닥치는 온갖 실패와 고난 또한 감사함으로 딛고 일어서는 무술년, 황금의 개해, 2018년이 되길 기원한다.

신년 새벽기도회와 가정 예배

.

.

.

📍 나에게 오늘(2018.01.13)이 마지막 새벽이 아님에 감사하며 잠자리에서 가부좌를 틀고 고개를 숙인 채 거북이 등을 하고 한동안 미동도 없이 조용히 앉는다. 오늘은 올겨울 들어 제일 추운 날로 영하 17도의 한파경보가 내린 날이다. 나는 생각에 생각을 잇대어 이 추운 날에도 새벽기도에 가야 하는지 잠시 망설인다. 이젠 그럴만한 믿음의 나이는 지났는데 아직도 따지는 것이 있다. 오늘은 무슨 요일이지? 바깥 날씨는 어떻지? 비바람 진눈깨비는 그쳤는지, 거리의 노면 상태는 어떤지, 새벽기도를 인도하시는 목사님은 누구신지, 낮에 누구와 특별한 약속은 없는지, 별의별 이유를 들고 잠깐 생각을 움츠린다.

마치 이불 속에서 꼼지락거리다가 혹시라도 엄마가 잠에서 깰까 봐, 조심스레 일어나서 안방 문을 닫고 거실로 나가는 어린아이처럼, 나는 발밑에 벗어놓은 옷가지를 주섬주섬 챙겨 서재로 건너간다. 그리고 책상 앞에서 컴퓨터를 켜고 마무리하지 않은 원고를 찾아 밤새 모아 놓은 생각들에 마음의 날개 깃을 달아 글을 다시 더 예쁘게 빚고 교정한다. 그사이에 아내의 인기척이 밖에서 들리고 다시 잠잠해진다. 시간이 어느 정도 지났다 싶으면 나는 슬그머니 거실로 나가 둘러본다. 어느새 아내는 부엌 안쪽 의자에 걸터앉아 성경을 펼쳐놓고 눈만 치켜뜨고 빤히 나를 올려다본다. 그리고 어떤 말이든 내 말끝에 한마디 토를 달거나 싫다는 내색을 하지 않는다.

"오늘은 혼자 가지?"

내 물음의 의미를 알아챈 아내는 말없이 시계를 보고 무언가 결정을 하는 표정이다. 나는 이어서 걱정스레 묻는다.

"오늘은 추운데 차를 타고 가나? 걸어서 가나?"

아내의 대답은 간단하다.

"춥지만 걸어가야지. 이중으로 주차된 차를 옮기고 다시 돌아와서 주차장에 주차하려면 쉽지 않으니까."

그녀는 말없이 양말 목에 바지를 끌어당겨 꾸겨넣고, 옷을 든든히 꾸리어 나갈 채비를 한다. 나도 곧바로 서재에 들어가서 옷을 든든히 차려입는다. 앞으로 몇 번이나 함께 새벽기도에 다닐 수 있을까 하는 생각에 더 주저하지 않고 아내를 따라나설 준비를 한다. 길게는 10년 남짓, 건강한 동안만이라도 동행하자는 생각에 마음이 약해진다. 앞으로 아옹다옹 얼굴을 붉히며, 내 편할 대로, 내 하고 싶은 대로 살 것을 생각하면, 오늘은 그냥 지나칠 수 없이 귀한 하루다. 나는 외투를 껴입고, 머플러를 두르고, 두꺼운 양말을 신고 나갈 준비를 한다.

"날씨가 무척 추운데 걷지 말고 차 타고 가자."

아내는 표정없이 '그러자.'고 침묵으로 일관한다. 새벽 예배는 내가 의당 해야 할 몫이라는 듯이, 싫다 한다고, 피한다고 될 일이 아니라는 듯이 담담하게. 시계를 보고 차를 타고 가기에는 좀 이르다는 생각에서인지 소파에 다시 주저앉는다. 나는 방안을 서성이며 모자도, 장갑도 챙긴다. 이젠 현관을 나서기만 하면 된다.

우리는 엘리베이터를 타고 바깥바람이 차가운 주차장을 지나 지하 차고로 내려간다. 추운 탓에 차고 안에는 잠자는 차들이 한쪽 길옆에 빈틈이 없이 빼곡히 줄지어 앞차와 뒤차에 바짝 붙여 이중으로 주차되어 있다. 우리는 차고 길가에 주차된 차들을 앞뒤로 밀고 당기며 차가 나갈 길을 트고 시동을 걸어 엔진을 잠시 데운다.

평상시에 고슴도치처럼 행동하고 생각하며 뻗대고 살아온 나를 뒤돌아보며 어둠이 땅바닥까지 내려앉은 새벽녘을 헤집고 한산한 거리를 지나 교회 앞마당에 당도한다. 아직 이르고 추운 탓인지 주차장이 텅 비어 있다. 나는 새벽기도회가 끝나면 쉽게 빠져나갈 수 있도록 현관에서 가까운 곳에 주차하고, 몸을 움츠리고 교회 로비로 들어선다.

예배당 안에서 음악 소리가 은은하게 들린다. 나는 여느 때처럼 단상 앞 왼쪽 끝에 고정 좌석으로 차지하고 앉는다. 아내는 옆으로 두어 자리 오른쪽으로 띄어 자리를 잡는다. 조금 후에 예배당 불이 밝혀지고, 오르간 소리는 그치고, 목사님이 단상에 올라 성도들과 함께 사도신경으로 신앙고백을 함으로 새벽 예배가 시작된다. 오늘은 젊으신 고 목사님이 예배를 인도한다. 새해를 향한 목사님의 열정적인 기도와 설교가 끝나자 성도들은 각자 머리 숙여 자신의 기도 제목을 붙들고 옆 사람에게 방해가 될 정도로 소리 높여 기도를 한다. 아마도 지난해의 회개와 속죄, 새해에 대한 바람과 소원인 것 같았다.

개인 기도가 얼추 끝나자, 각자 추위에 꽁꽁 얼어붙은 거리를 지나 아침에 왔던 길로 거슬러 돌아갈 준비를 한다. 하지만 나는 화요일과 금요일이면 교회와 집 중간에 위치한 맥 카페(맥도널드에서 24시간 열리는)에 들러서 아내에게 약속한 아침상을 차린다. 오늘이 특별히 새해 새벽기도의 첫 토요일임을 고려하여 감사하는 마음으로.

그리고 집에 돌아온 나와 아내는 두말없이 새해에 새롭게 시작하는 가정 예배서 『하늘 양식』을 희미한 전등 불빛 아래에서 펴들고 마주 앉아 일상 해 왔던 것처럼 우리만의 가정 예배를 빠트리지 않는다. 우리는 『하늘 양식』에서 오늘의 성경 구절과 말씀을 찾아 읽고 묵상하고, 가족과 자신을 위한 기도로 우리의 일상적인 하루를 온전히 열고, 하나님 앞에 사랑으로 한발 더 가까이 다가선다.

우리 가족 모두가 하나님 말씀에 귀를 기울여 따르고, 그리스도의 사랑을 본받아서 기쁘고 행복하게 자신을 맘껏 펼쳐가는 하루가 되길 기원한다.

'아니면 말고'

$\bullet$

$\bullet$

$\bullet$

   ✒ 여러 사회분야에서는 각자에게 유리하고 편리한 결과를 얻기 위해 연구실이나, 실험실에서, 전화나 길거리 여론조사에서 자료를 시시콜콜 얻어내어 수치적으로 분석하고 정량화하여 사실인 것처럼 세상에 유포한다. 그리고 옳거니 그르거니 왈가왈부하며 앞으로 일어날 일에 대해 예측하고, 기획하고, 더 나아가서는 기정사실로 하고 이를 두고 논란을 벌인다. 때로는 놀라운 결과를 얻기도 하지만, 때로는 가짜 자료를 조작하고 유포하여 일파만파 사회에 물의를 일으킨다. 대부분은 근사치나 왜곡된 수치에 지나지 않지만, 사람들 대부분은 그 수치를 절대적으로 신봉한다. 이 때문에 여론은 사람들의 심리를 교묘히 이용하고 굴절시켜 자신의 이익을 노리는 무리와 집단들의 손아귀에서 놀아나기 일쑤이다.

  예컨대, 물질의 유해성분 검출을 원하는 방향으로 이끌어가기 위해 실험방법과 데이터를 조작하여 얻은 결과를 두말할 것도 없이 특정한 상황에 유리하게 적용시킨다. 이러한 양상은 정국과 국정 방향에 대한 여론조사에서도 마찬가지로 자신에게 필요하고 유익한 설문지로 얻어낸 수치를 내세워 꺼드럭거리며 세상을 평정하려 든다. 물론 민감한 문제이긴 하지만, 결과는 주먹구구식으로 따져도 둘 중에 하나인 것만은 확실하다.

'아니면 말고.'

사실이거나 거짓 중의 하나이다.

이것은 대충 결과를 예측하고 문제를 해결하려는 일방적인 방법으로 불확실한 가운데 통계적 분석으로 최선책이지만, 현실적으로는 미진하기 짝이 없다.

"인간의 머리에서 짜낸 지혜가 하나님의 어리석음보다 못하고, 하나님의 약함이 사람의 강함보다 강한 것"처럼, 사람의 지혜가 제아무리 솔로몬보다 낫다고 해도, 하나님의 뜻을 기만하고, 오만과 교만의 불덩이를 가슴에 안고 세상 속에 뛰어든다면 참으로 어리석은 일이다. 어쩌다가 하나님 뜻과 같다 해도, 설령 기도가 응답된 것이라 해도 세월이 지나보면 결과는 진작에 사라질 아침 이슬과 안개와 같은 것일 뿐이다. 그렇기에 마음과 생각이 하나님과 일치하도록 힘써 굳게 붙잡아 멀어지지 않도록 지켜가는 것이 삶의 올바른 자세이다.

가끔 우리는 세상으로부터 심판과 벌을 받을 때, 그 자신의 죄악과 허물에 대하여 마땅히 받아야 할 죄과로 여기지 않고, 병고에 시달리는 슬픔과 고난 또한 자신의 악행으로 받아야 할 당연한 벌이라 여기지 않고, 온갖 억울함과 분함 또한 자신이 지은 악행으로 인함이 아니라고 덮어두기 일상이다. 하지만 우리가 평안을 누리고 고통으로부터 치유를 받을 때에는 당연한 우리의 몫으로 돌린다. 누군가 나 대신 받을 죄와 벌이고, 고통과 곤욕이었음에도 억울하다고 한마디 토로하지 않고, 온갖 질고를 끝까지 참고 견디며, 마치 도축장에 끌려가는 가축처럼 고난을 감내하며 쓸쓸히 아픔을 씹어야만 했다면, 그는 바로 십자가에서 인류를 대신하여 못 박혀 돌아가신 예수님의 형상이 아니랴?

세상 사람들은 간혹 옳고 그름을 다수만이 올바른 길이고 해답이라고 주장하고, 삶의 막다른 길목에 이르러서는 저지른 자신의 과오를 개정하고 회개하지만, 이미 때는 늦고 돌이킬 수 없다. 누구든 좌나 우나 어느 길을 택해도 결국 외길목에 들어서게 되지만, 거기에 이르기까지 또 다른 누군가의 희생과 사랑이 있었다는 사실을 아는 사람은 그리 많지 않다. 이른바 세상은 인간이 생각하고 뜻한 대로 예정되고 결정되는 것 같지만, 순리는 그렇지 못하다. 제아무리 세상의 뜻과 의지가 분명히 드러나도 모두가 허튼 생각이요, 허탄한 꿈이고, 오로지 오늘의 나로 마냥 기뻐하고 만족할 뿐이다.

인간은 우물 속의 개구리처럼 해가 중천에 떠 있어도 그림자가 우물에 드리우고 어둠에 묻히면 해가 비친 하루의 짧은 삶만 누릴 뿐이다. 비록 삶을 평생 쟁기질하여 갈아엎고 가꾸었다 해도 하나님의 넓고 밝은 품에서 온전히 사랑받고 인정받지 못한다면, 우리는 세상천지에 아무짝에도 쓸모없는 반편이일 뿐이다.

인간이란 본디 자기가 원하는 만큼 하루를 늘리거나 줄일 힘도 재간도 없이 자연적 환경과 사회적 상황과 인간적 의식에 따라 적응해가는 생체일 뿐이다. 이들에게 숙명적으로 주어지는 확실한 것은 삶과 죽음이고, 쉴 새 없이 밀려드는 만남과 이별이고, 기쁨과 슬픔이고, 쾌락과 고통이고, 있다가도 한순간에 없어지는 재물과 보화이고, 엇갈리는 사랑과 미움이다. 이런 가운데 언제나 무지하고 불확실한 예측과 추측을 두고 옳고 그름을 따지고 논쟁을 일삼고 있으니, 인간은 참으로 미련하기 짝이 없는 팔불출이다. 이 틈에 자신을 온전히 비우고 내려놓을 수 있다면, 세상의 참과 거짓을 판단할 수 있는 식견이 열림에도 불구하고 오직 자신의 소유와 지혜와 재간만 믿고 세상을 밝히고, 의로운 것처럼 여기고 있으니 참으로 인간이란 아침녘에 피어오르는 안개와 같다.

무한히 반복해서 생성되었다가 소멸하는 시간과 끊임없이 비워졌다 채워지는 공간에서 세상을 이해와 겸손으로 통찰하고, 사랑과 용서로 덮어줄 때, 자기에게 돌아가게 될 모든 선악의 보응이 따르고, 받게 될 징계를 면죄 받고, 재앙에서 피할 길을 찾게 될 것이다. 이는 곧 자신이 행한 대로 돌려받는 지극히 당연한 인과응보이다. 올바른 결과에는 자연의 순리와 섭리가 따르고 무리한 예상이나 추측에는 세상의 흐름에 역류하여 자신에게 돌아온다. 세상의 질서를 자기 뜻에 따라 무분별하게 예측하고 기획하여 손익과 위상을 바꿔보려는 후안무치한 사람들은 자가당착에 빠져 실패와 좌절의 길을 걷게 될 것이다.

깎아지른 바위섬 같고, 와류와 탁류처럼 거칠고, 마법에 걸린 불확실한 세상을 누군가의 뜻과 의지로 풀어가려고 무책임하게 '아니면 말고'라고 대꾸한다면, 세상의 계획은 번번이 실패할 수밖에 없다. 그러나 오직 자기 안에 끈끈한 사랑과 진실이 생동할 때 매사에 평안과 기쁨을 누릴 수 있기 때문에 추측과 예측에 자신을 맡기기보다 유연하게 순류하는 사실과 진실에 더 가까이 다가간다면, 현실은 참과 거짓 사이에서 올바르게 기획되고 판단될 것이다. 따라서 세상을 책임 있게 사랑과 진리의 순류로 포용하고 인내하며 바라다보고 추구할 때 '아니면 말고'라는 불확실하고 물리고 무책임한 세상을 거뜬히 이기고도 남음이 있다.

백세시대의 재앙

•

•

•

✒ 천지가 개벽하고, 세상이 혼탁하고, 사랑이 곤고하고, 소망이 거덜나고, 풍파에 거풀거리고, 죽음의 그림자만이 온 천지에 횡횡하는 때에도 누구나 백세인생을 쌍수 들어 환영하고 갈망한다. 정말 이러고 싶을까? 한 가지 확실한 것은 하나님이 세상만큼이나 나를 끔찍하게 사랑한다는 것이다.

자고로 오래 사는 것은 하늘이 내린 복이고, 인간에게 최고의 소망이고, 행운이라고 여겨왔다. 그래서 입춘 절기가 되면 대문이나 문지방에 입춘대길(立春大吉)이라는 입춘서를 써 붙이고 길운을 기원하며, 장수하고 복을 누리라는 뜻으로 목숨 수(壽)와 복(福)자를 대문과 문설주에 써 붙인다. 장수하는 것만은 하나님이 내린 인생의 특권이고, 이를 위해서 인간은 무엇보다 육체적 건강(康: 강)과 정신적 건강(寧: 녕)을 제일로 꼽는다. 따라서 중병에 걸리지 않고, 와병으로 병상에 눕지 않도록 항상 자신의 건강을 챙기어 잔병치레에서 벗어날 뿐만 아니라, 정신적으로 스트레스를 받지 않도록 마음이 편하고 즐겁도록 애를 쓴다. 또한, 백세시대에 사람들이 장수와 더불어 손꼽는 것은 부(富)의 상징인 재물을 건강 다음으로 소중히 여긴다. 재물을 잃으면 건강 다음으로 모든 것을 잃는다고 여기기 때문이다.

하지만 현대에서 백세시대를 구가하는 데 걸림돌이 되는 것은 살점을 뜯고 피를 말리는 미래에 대한 불확실성과 걱정과 불안에 있다. 특히, 자신과 자녀들에 대한 우려와 속박에서 벗어나지 못하고, 생활에 부족한 물질과 노후한 건강이 백세를 가로막기 때문이다. 생활력이 약화되어 먹고 사는 일로 자녀들에게 손을 벌리고, 병원에 짐을 지우는 삶은 결코 바람직한 백세시대를 기약할 수 없고, 이에 따른 추레한 생활은 차라리 죽는 것만 못하기 때문이다.

나이 들어 육체적으로 늙직하여 거동이 불편하고, 직장에서 퇴직 이후 소일할 마땅한 일자리를 잃고, 사회로부터 외면당하고, 먹고 사는 하루하루가 걱정이고 막막하다면, 비록 시간이 자유롭고 육신은 편할지 모르지만 오히려 삶 자체가 짐스럽고 앞날이 두렵게 느껴진다.

할 일 없이 거리를 떠돌며 행려병자 행세를 하며, 거적을 뒤집어 쓰고, 지하도 한적한 햇볕 비추이는 구석진 곳이나, 공중 화장실 뒤쪽이나, 소슬한 벤치를 찾아 손바닥만 한 종이박스를 펴고, 남의 눈치를 보며 음식 쓰레기 봉투나 뒤지는 노숙자로, 지하도 계단에 꿇어앉아 구걸하는 동냥치로 전락하여 근근이 입에 풀칠이나 하며 하루하루를 연명하고, 홀로 설 수 없는 노약자로, 고령자로 살아야 한다면 백세시대가 더할 나위 없는 재앙으로 여겨진다.

생명의 존엄을 빌미삼아 어떻게든 노령의 생명을 연장시킨다 해도 목적도 없이 세상에 휘둘리고 끌려 다녀야 한다면, 생명은 행복의 보험이 아니라 거치적거리는 골칫덩이다. 죽음은 거대한 맘몬처럼 성큼성큼 매일 성장하고 가까이 다가오는데 하루라도 더 사는 것만이 축복이고 행운이고 감사한 백세시대의 여망일까? 찌질찌질하고 쪼잔시리 길게 사느니, 차라리 굵고 짧게 사는 것이 바람직한 인생의 값진 모습이 아닐까? 과연 오래 사는 것만이 인생의 행복을 열어가는 열쇠일까?

백세의 재앙은 사람들이 더는 희망의 여지가 없어 보이는 막장과 같은 세상에서 눈치를 보지 않고 막무가내로 삶에 대한 욕망의 속살을 드러냄에 있다. 마치 자신은 저승사자 앞에서 최후의 진술을 마치고 죽음의 그림자가 서서히 드리우는 백세를 끝까지 더 살 사람처럼 생명의 나부랭이에 미련을 두고 그 앞에서 고개를 조아리는 것이다.

근래에 백세시대를 대비해서 정부와 사회단체는 기본적인 사회복지를 위해 가진 자와 없는 자를 위한다고 허울 좋은 선심성 복지를 내세워 불필요한 국가재정을 대책 없이 낭비하고, 모자란 부분은 혈세를 걷어 충당한다며 국민들의 삶에 헛된 공짜 바람만 불어넣어 준다. 이 때문에 국가와 국민이 대내외적으로 빚더미에 올라 허둥대야 한다면, 백세시대는 로망이 아니라 알맹이 없이 속빈 뻥튀기 같고, 감당할 수 없는 한낱 허상에 지나지 않는다.

백세시대를 건강하게 지키려면 무엇보다 긍정적 사고가 전제되어야 하는데, 사회적 불안과 부정적 생각이 앞을 가로막고 있다면, 백세시대는 피할 수 없는 지옥불이나 진배없다. 백세시대에 본질적인 문제는 어떻게 인간이 백세까지 생명을 유지하느냐가 아니라, 무엇을 하며 사느냐가 중요하다. 실로 이에 따른 문제는 육체의 건강을 넘어서 사회적 경제적 정신적 문제가 관건이다.

밥상머리에 앉으면 살기 위해서 어쩔 수 없이 밥술을 뜨며 생명을 껴안고 한숨이나 내쉬는 것이 백세시대의 실상이라면, 무엇 때문에 어렵사리 백세까지 연명해야 하는지 회의적이고, 소망이 보이지 않는다. 보람된 백세로 살아남기 위해서라면 자괴감 대신에 자존감을 가지고 인간관계를 유지하며 더불어 사는(위드 유: With You) 시대를 추구해야 할 것이다. 인생의 끝에 이르러 자신과 더불어 같이 살아온 사람들을 먼저 저승으로 떠나보내고 혼자 살아가야 한다면, 백세시대는 나만의 유령시대가 되고 말 것이다. 이러한 삶이 과연 인간이 갈망하고 환호해야 할 백세시대가 될 수 있을까? 우리가 참으로 염원하는 것은 육체적 백세시대가 아니라, 선하고 아름다운 정신적 백세시대를 이루는 것이다.

백세시대를 염원하는 현대인은 예전과는 달리 귀촌이나 귀농 대신에 어떻게든 문명과 문화와 의료의 혜택이 손쉽게 주어지는 대도시로 역 탈출을 시도하고 있다. 이러한 현상을 두고 릴케는 『말테의 수기』에서 사람들은 죽기 위해 도시로 몰려든다고 지적하고 있다. 곧 사람은 어떡하든 더 오래 살기 위해서, 될 수 있으면 천천히 더디게 죽기 위해서 도시로 몰려든다고 했다. 그래서 도시에는 회생할 수 없는 임종 환자들로 북적대고, 저승 완행열차를 타기 위해 호스피스 병원에 줄레줄레 대기 열을 지어 늘어서 있다. 그 사이에 살아있는 사람들은 구차한 삶의 가면을 쓰고 고철처럼 하루하루 녹슬어가며 세상을 기웃거리고 살아간다. 결국, 누구도 이 고난과 질고를 뛰어넘지 못하고 가까스로 백세에 이르러 이미 자신은 걸레 조각처럼 만신창이가 되어 헐떡거리며 숨을 붙들고 소망이 메마른 죽음의 아궁이 불에 던져지고 만다. 하지만 누구나 살아온 값을 반드시 치러야 하는데 죽음의 행각에서 결코 벗어나지 못하는 것이 그 대가이다.

인간들이란 어쨌거나 단 하루라도 더 살자고 몸부림치고 소리를 높여 지르며 죽음에서 면탈하려 들지만, 멀찍이 묵묵부답으로 이를 지켜보는 하나님은 가소롭다는 듯이 허허롭게 웃고 있을 뿐이다.

세상이 부패하지 않고 신선하게 유지되기 위해서는 살아있는 모든 것들이 시간의 속도에 맞춰 순리적으로 흐르고 순환되어야 한다. 하지만 백세시대는 사뭇 세상을 가속화하거나 저속화하여 밀폐된 시간 속에 몰아넣고, 시궁창 냄새가 나도록 썩힌다. 이러한 현상은 백세시대가 극복해야 할 숙제이다. 이는 인간의 존엄을 훼손시키고, 격을 떨어뜨리고, 창조의 질서를 파괴하고, 누려야 할 참다운 인간미를 손상시키는 것으로 이보다 더 큰 재앙이 세상 어디 있으랴? 이 모두가 생존의 욕구를 무턱대고 채우려는 인간의 무치함과 무도함에서 나온 결과이다. 자연의 질서에 거슬러 부단히 장수(長壽)의 탐욕만을 지키려는 시도는 인간의 가치를 점점 피폐시키고, 삶의 질을 떨어뜨리고, 나아가서 세상을 병들게 하고, 파괴하고, 고통 속에서 신음케 한다. 장수에 미혹되면 인간답게 살기보다 오히려 본능적으로 짐승을 닮아가고, 속 빈 깡통 소리만 내는 백세의 길을 걷게 된다. 그런즉, 백세시대는 겉보기에 반지르르한 인간의 소망일 뿐이고, 생활에 탈진한 늙정이를 휴짓조각처럼 구겨버리고, 고독사라는 쓸쓸하고 참혹한 죽음을 유산으로 물려주게 될 것이다.

백세시대에서 피할 수 없는 외롭고 쓸쓸한 죽음, 고독사(孤獨死)는 독거노인에게 집중되어 있었으나, 도시화와 문명화로 각종 편의시설의 제공과 개인주의 가치관의 차등화로 혼자 생활하는 사람이 급증하면서, 경제적 능력에 따라 중장년에게 나타나는 현상이기도 하다. 따라서 현대사회에서 고독사는 고령화뿐만 아니라, 개인주의와 인간관계의 스트레스, 핵가족화 등이 그 원인으로 분석되고 있다. 이에 따라 사회적으로 연고자가 없이 외롭게 살다가 죽어가는 무연사(無緣死)로 오랫동안 시신이 방치되기도 한다.

　고령화로 맞게 될 고독사는 현대인의 일그러진 참상이다. 생명을 최후의 보루로 지키는 인간으로서 도도하고 고고하게 맞이해야 할 죽음을 처참하고 비참하고 흉물스런 모습으로 전락시키고, 세상을 황폐화시키고 멸절시키는 고독사는 인류의 종말을 경고하는 흑사병과도 같다.

　과학기술의 발전과 인공지능은 점차로 인간의 일터를 빼앗고, 혼인과 출산과 사망의 감소로 노동력이 줄어들고, 복지정책을 표방하는 국가의 무분별한 선심성 복지로 재정파탄을 불러 백세시대의 재앙을 부채질하고 있다. 더욱 안타까운 것은 사회적으로 가짜 뉴스까지 확산시켜 스트레스로 정신적 재앙을 철저히 가속화시키는 것이다. 서민들의 생활에 조금도 도움이 되지 않는 불필요한 사건 사고를 무분별하게 세상에 전파함으로써 국민들의 마음에 병을 키우고, 불안과 근심 걱정에 시달리게 한다. 제아무리 관심거리 뉴스라 해도 자신과 동떨어진 사건 사고는 선이 되기보다 악이 되고, 약이 되기보다 독이 되어 마침내 마음에 깊은 상처를 주고 불행을 주입시킨다.

이 때문에 백세시대의 장수는 인간이 무조건 최고의 선으로 갈망할 대상이 아니라, 인간에게 무익한 축복이기도 하다. 한마디로 오래 살려는 인간의 탐욕으로부터 세상은 혼돈과 절망, 고통과 고난, 비운과 불행의 쓴맛을 더 맛보게 함으로써 선하고 귀한 삶의 본질을 훼손하고 상실케 한다. 이로 인해 참된 '나'는 더 이상 존재하지 않고 인간의 존엄이 상실된 겉모습만 남아 있다. 이 때문에 인간은 타락하고 나태해진 나머지 구저분해지고 추하고, 보잘것없이 초라하다.

진시황이 그토록 바라던 불로장생도 한갓 꿈이고, 오로지 죽음을 향한 채찍일 뿐이었다. 그는 신비의 불로초를 구하려 세상 곳곳을 끊임없이 돌아다니며 영생을 꿈꾸었지만, 49세의 나이로 일찍 생을 마감하였으니 영생의 백세가 무색하고, 허공에 이는 바람과 같았다.

아무도 찾아주지 않는 컴컴하고 곰팡이냄새 나는 구석진 다락방에 웅크리고 앉아서 끼니때마다 문틈으로 밀어넣어 주는 밥이나 먹고, 과거에 매몰되어 히죽거리며 눈물만 훔치는 삶이 백세시대의 실상이라면, 누가 이 삶을 동경할까? 백세시대는 삶과 죽음 사이에서 인간이 꿈꾸는 마지막 악몽이고, 재앙일 수밖에 없다. 따라서 백세시대는 허탄하게 죽을 수밖에 없는 육체적인 백세의 꿈이 아니라, 영적으로 꿈꾸는 영생이 참 소망이어야 한다. 과연 백세시대에 피할 수 없는 고령화와 노령의 삶 그리고 이에 따른 필연적인 고독사와 무연고사는 인간에게 축복인가 재앙인가?

인간에게 있어서 삶의 목적은 자연인으로서의 행복한 삶이지,

절망적인 장수의 삶이 아니다. 자연인의 삶은 세상과 더불어 편안하고 근심 걱정 없이 자연을 벗 삼아 이웃과 더불어 즐기고 자족하는 것이다. 이는 생명보존을 위한 본능이고, 안위를 위한 자신과의 끊임없는 투쟁이다. 죽어갈 생명을 한사코 오랫동안 고통에 노출시키는 참혹한 행위는 축복이 아니라, 창조의 질서를 무너뜨리는 재앙일 뿐이다.

싫으나 좋으나 백세시대에 접어든 사람들은 젊고 활기차고, 도전적으로 세상을 만끽하며 살기를 기대한다. 어차피 백세시대는 절망과 시련, 고통과 고난의 연속이고, 누구도 피할 수 없는 노령화, 고령화로 인한 외로운 죽음이 종점이기 때문이다.

지금이라도 한 번쯤 백세를 앞두고 나를 어떻게 자신에게, 이웃에게, 세상에 남겨져야 할지 생각해봄은 어떨까?

어느 모로 보나 허세라도 부리고 잘난 척하며 사는 게 바람직하지 않을까? 예컨대 누군가 이른 아침부터 얼굴을 붉히며 잘난 척하지 말라고 타박을 한다면 곤욕스러운 나의 바람직한 모습은 어떤 것일까?

일순간 짜증과 함께 울화가 치밀어 오르겠지만, 앞으로 기껏해야 세상과 타협하며 살 뿐이고, 절대 백세의 재앙에서 벗어날 수 없는 터. 병들어 목숨이 촌각에 달려 주접을 떨 판에도 남에게 손해를 입히지 않고 보란 듯이 혼자 잘난 척하며 살 수 있다면 좋지 않을까? 남들이 부러워할 정도로 똑똑하고 잘나 보이는 행태가 마음에 들지 않는다고 앞에 나서서 "잘난 척하지 마세요!"라며 귀태(貴態)를 내는 어느 잘난(?) 위인의 핀잔이 생각난다. 바로 그것이 내가 세상 끝에 남겨야 할 마지막 모습이 아닌가 생각이 든다.

열망하고 사모하는 세상

- 새로운 것은… -

·

·

    ✒ 내가 아는 일상적인 삶이란 본디 보잘것없이 구차하고 지저분한 것들로 가득하다. 원천적으로 자신이 어디서 왔는지, 어디로 가는지도 모른 체, 태어나서부터 본능적으로 하는 짓이라곤 고작 입술을 쪽쪽 빨며, 배가 고프다고 징징대고, 몸이 불편하다고 소리 내어 울고, 만족스러우면 천사의 표정을 지으며 씽긋이 웃으며 배냇짓을 해보이고, 귀찮고 피곤하면 고즈넉이 잠에 빠지는 것이 한껏이다.

  애초 태어났을 때부터 평생 반복되는 일이란 먹고, 자고, 쉬고, 듣고, 말하고, 배우고, 생각하는 것이 전부인데, 인간들이 이러자고 금쪽같은, 어쩌면 애물단지 같은 자신을 한사코 지켜가는 건가 싶을 정도로 단순하고, 바보스러울 뿐이다. 하지만 언제나 괴로워하고, 아파하고, 슬퍼하고, 때로는 즐거워하고 기뻐하며, 대수롭지 않은 유혹에 빠져들고, 마음이 답답하고 개운치 않으면 풀릴 때까지 큰소리로 퍼붓고, 이유도 없이 반항하고, 비방하고, 빈정대고, 역정을 내고 자책하는 것이 일상이다. 그런 가운데 눈물도 흘리고, 가슴을 쥐어뜯고, 자학하고, 비탄에 빠지고, 끊임없이 탄

식하고, 못난 자신을 타박하고 원망도 한다.

　누구나 반복되는 생로병사의 문을 통하여 생명의 출발점인 흑암의 모태로 돌아가는 걸 보면, 산다는 것이 그리 대단한 것도 아니다. 한번 태어나면 언젠가 반드시 자신을 훌훌 벗어버리고 왔던 곳으로 돌아가는 것은 변치 않는 철칙이다. 하지만 '사는 동안만이라도 무엇을 하며 살아야 할는지' 늘 괴로워한다. 소위 자신과 이웃을 위하고, 사회에 헌신하고, 산화하는 것이 종국적인 삶이라고 거창하게 떠벌이지만, 사실은 세상 교육을 통해 자신이 성장하고, 가정을 꾸미고, 사랑의 공동체를 이루며, 사회의 일원으로 봉사하고, 남 보라는 듯이 번듯하게 사는 것이 소박한 바람이고 꿈이다. 그리고 막장이 임박하면 한 평 남짓한 묘혈을 파고 누워 조용히 눈을 감을 수 있는 것에 감사한다.

　한편, 사회적으로 힘이 성숙하면 세상의 권력을 쟁취하려 들고, 지식과 명예를 얻고 존경받고, 재물을 비축하여 늦은 나이에 부귀영화를 남부럽지 않게 누리기 소망한다. 그러나 하룻밤 사이에 자신도 모르게 빈손으로 세상을 떠난다는 것을 깨달을 즈음에는 가슴 아파하고 아쉬운 눈물을 흘린다. 죽고 사는 문제 앞에서 말할 수 없이 작아지고 비굴하고 졸렬해지고, 치사하고 마음마저 약해져서 당당하지 못하고, 이럴까 저럴까 망설이기 때문이다. 이런 꼴을 보자고 힘들고 어렵게 살아야 한다면, 이를 악물고, 누가 뭐라 해도 실컷 끝까지 누릴 것 누리며, 오래 사는 것만이 태어난 보답이고, 남는 장사라고 생각한다. 찢기고 할퀸 시간을 꿰매며 다다른 곳이 지금 내가 서 있는 이곳임을 확인할 때, 이건 처음부터 기대했던 삶은 아니고, 피할 수 없는 고난의 역정이다.

산다는 것은 오직 죽기 위해 살고, 먹기 위해 살고, 살기 위해 먹는다고 극구 변명을 하지 않더라도 잠에서 깨어나면 머릿속을 스치고 지나는 것은 먹고살 걱정이 산더미 같으니 허탈감뿐이다.

"정말, 이것이 최선의 삶인가?"

애써 얼굴을 펴고 거울 속을 들여다보지만 허망한 생각을 지울 수 없다.

"그렇다면 어떻게 해야 사는 것처럼 살 수 있을까?"

몸뚱이를 마구 부리며 세상에 내던지고 미쳐야 하는가?

삶은 죽음으로 통하는 확실한 길이고, 죽음은 삶을 바르게 보는 바로미터이고, 사랑과 미움의 날개를 달수 있는 동체이다.

그렇다면 우리는 언제까지 가냘픈 생명줄을 붙들고 주어진 시간을 이겨내야 하는가? 마음으로, 정신으로, 심지어 육신으로 앙금처럼 딱딱하게 굳은 자신을 벗겨 내지 못하면, 거리의 넝마주이가 되어 해진 옷가지를 걸치고, 기다란 꼬챙이 하나 들고, 얼굴에 새카맣게 숯검정을 칠하고 비실대다 흙바닥에 쓰러져 흐느적거리게 될 터. 잠시라도 생각을 놓으면 몸을 가누지 못해 돌부리에 걸려 넘어지고, 땅바닥에 상판대기를 긁히고, 앞니가 부러지고, 그토록 위세가 당당했던 어깻죽지는 풀이 죽어 늘어지고, 정신이 혼미해지고, 기력이 쇠해져서 삶의 의욕은 밑 빠진 독에 물 붓듯 사라지고, 좌불안석이 되어, 기대와 보람은 풍비박산이 날 것이다.

이럴 때 나는 삶의 무게를 느끼고, 모든 것을 체념하고, 알 수 없는 기다림의 시간을 마음 깊이 간직하게 될 것이다. 그리고 뵈지 않는 허공을 헤집고, 시간 속을 유영하며, 그리움이 깃든 만남의 시간을 속절없이 고대하고, 누구도 찾아주지 않는 소슬한 시골

역 플랫폼에 도착할 마지막 기차를 기다릴 것이다. 무료한 기다림은 앞으로 살아가야 할 나에게 남은 몫이기 때문이다.

세상의 어느 시각에 내 삶의 꼭짓점을 맞춰야 할지 오늘도 주위를 끊임없이 서성인다. 넉넉한 시간에, 아니면 빠듯한 시간에, 가쁘게 숨이 차오르는 시간에, 가슴이 조여 오는 시간에, 분노의 시간에, 죽음이 기다리는 시간에 맞춰서 오늘을 살아야 하는 것인지 주저한다. 하지만 낭만이 꿈틀거리는 황홀한 시간에, 하나님이 굽어보는 시간에, 꿈이 잔잔히 무르익어 가는 시간에 생각을 채울 수 없는 멍한 시간에, 죽음이나 마찬가지인 적막한 시간에 나의 시곗바늘을 맞춰서 오늘을 살고 싶다. 죽음은 언제든 혼자 터덜거리며 나를 찾고, 나를 사랑하고, 결코 누구와도 함께 나눌 수 없도록 매듭진 시간이기 때문이다.

나는 무한히 펼쳐진 광야에서 시간과 장소에 구애받지 않고 가장 나다운 모습으로 가슴을 풀어헤치고 아름답게 살고 싶다. 세상에 뿌려지는 봄 향기처럼, 여름밤에 쏟아지는 소낙비처럼, 어스름한 가을 녘에 굴러다니는 낙엽처럼, 초가지붕 위에 누렇게 마른 호박넝쿨처럼, 산등선 나뭇가지에 꽃 피운 상고대처럼 초연히 자유롭게 살고 싶다. 이미 세상을 다 맛보고 소유한 사람처럼, 더 욕심내지 않고 넉넉하고 풍요롭게 살고 싶다. 행복한 혼자처럼, 그러나 불행한 혼자처럼 살고 싶다. 죽음으로부터 느낄 수 없는 행복과 불행을 한꺼번에 껴안고 살고 싶다.

죽음은 살아가기 위해서 누구나 반드시 거쳐야 할 길목. 그러나 누구와도 함께 한가롭게 쉬었다가 갈 수 없는 나루터. 나에게 느긋한 참 행복이 한시도 곁에서 떠나지 않고 숨을 쉬며 나긋한 향기를 내뿜고 있기에 나는 그토록 죽음을 열망하고 사모하고 그리워한다. 또한, 고뇌의 잠에서 깨어나면 언제나 하나님의 영성을 차곡차곡 쌓아올릴 수 있기 때문에 나는 오늘 밤에라도 빛과 어둠으로 나누어지기 이전의 상태로 조용히 들어갈 준비를 한다. 그곳에는 사랑과 감사가 쌓여있기 때문이다. 그곳은 절대 외롭지 않고, 슬픔과 고통이, 기쁨과 행복이 따로 없으며, 늘 위로가 넘쳐흐르고, 잔잔한 평안만이 있기 때문이다.

〈새로운 것은…〉

달은 찼다 기울고
해는 떴다 진다
다음 날, 다음 달, 다음 해에도
쉬지 않고 같은 모양으로
둥그렇게 같은 궤도를 돈다
바람은 불던 곳으로 돌아가고
인생도 왔던 곳으로 스러진다

수억 광년 혼돈 속에 겨우 제자리를 찾은 별똥별 인생
오늘의 시작점이 내일의 도착점이고
내일의 도착점이 다시 오늘의 시작점이 되듯
새로운 것은 일찍이 있었던 것의 재탄생이고
이미 있었던 것이 순환하여 다시 소생한 것임을
미처 알지 못했다

생각 또한 있었던 한 가지 사념에서 갈라져 나왔듯이
사랑도 미움도 한 가지 마음의 나뉨이고
감사와 원망도
진실도 거짓도 한 가지 사실에 대한 판단일 뿐
모두가 이전에 하나였다

마음을 찢고 영혼을 쪼갠 로고스에서
만들어진 것이 창조인데
상황에 끌려다니지 아니하는
본질의 회복이
곧 사랑이 아니랴!

태초에 하나였던 흑암 덩어리에
빛이 들어와 밤과 낮으로 나뉘었듯
있는 것은 없어지고
없던 것이 다시 있으니
모든 것은 끊임없이 교차되고 반복될 뿐
사랑 이외에 새로운 것은 이 세상에 하나도 없다

회전교차로와 같은 삶

.

.

.

✐ 회전교차로는 교통의 혼잡을 줄이고 교차로에서 차량의 흐름을 원활하게 만들기 위한 일종의 교통시설이다. 시내 중심에서 흔히 볼 수 있는 신호등에 의해 제어되는 십자교차로 대신에 도로가 만나는 중심부에 교통섬을 두어 차량이 똑바로 가지 못하고 돌아가도록 만든 에움길이다. 이는 차량이 원하는 방향으로 진행하기 위해서 교차로에서 일단 정지한 후, 신호가 바뀌길 기다릴 필요 없이 자율적으로 교통질서를 지킴으로 차량의 흐름을 원활하게 하고, 차량과 충돌할 우려를 줄임으로 교통사고를 많이 감소시킬 수 있다. 운전자들이 회전교차로에 합류하기 위해서는 로터리에서 이미 진입하여 회전하고 있는 차량에 진행의 우선권을 부여하고 양보하는 규칙을 지키면 된다.

이런 경우에는 차량의 흐름이 느린 것이 단점이지만 신호등이 필요 없어서 비상시에도 교통 혼잡의 우려가 적고, 시설비용이 적은 것이 장점이다. 로터리에서 차량 속도가 비교적 느리기 때문에 차량소음과 사고를 줄이고, 교차로 안에 녹지대를 둘 수 있어서 거리의 미관에도 좋다. 그러나 회전교차로는 교통량이 많은 도시

중심지역에서는 교통 혼잡을 가중시킬 수 있어서 적합하지 않다.

이처럼 일상생활에서도 원활하고 안전한 삶을 이루기 위해서 신호등에 의한 각박한 생활보다 삶의 흐름을 정체시키지 않고 질서를 유연하게 지키는 회전교차로식 생활방식은 어떨까?

현대는 '빨리빨리'라는 조급함과 빈틈없는 규칙과 규정에 의존하여 옳고 그름을 따지고, 조금도 배려하거나 관대함도 없이 십자로 신호등처럼 제어되는 교차로식 생활만 고집한다면, 일상은 경직되어 여유라곤 조금도 찾아볼 수 없고, 긴장 속에서 적자생존의 원칙에 따라 생활은 피곤하고 답답하고 힘이 들 수밖에 없다. 이 때문에 여유롭고 넉넉한 마음으로 생활을 풀어가는 회전 로터리와 같은 삶이 바람직하다.

틀에 박힌 생활양식 가운데에서 절대로 관용과 양보란 없고, 오직 법규와 규칙에 따라 자신만이 옳다고 주장하는 지오디(God) 콤플렉스야말로 현대인의 고질적인 이기주의가 아닌가 싶다. 이 때문에 세계 각처에서 분쟁이 끊임없이 일고, 세상은 각박하고 매정해 간다.

겉으로 동물의 세계는 질서가 없어 혼탁해 보이지만, 무질서 속에 보이지 않은 규칙과 더불어 배려와 양보의 미가 있다. 사회의 엄격한 규칙과 질서와 법규만 강조하다 보면 감정이 앞서고 질서가 무질서보다 더 비효율적인 혼란을 초래한다. 이 때문에 혼돈 같으나 융통성과 자율성을 지닌 인간적 성향이 세상을 지키는 데 한층 더 효율적이다. 사회질서와 도덕적 규범을 엄히 지키는 것도 필요하지만, 여유 있는 자연의 질서와 타협과 관용으로 문제를 유연하고 부드럽게 풀어가는 것도 최상의 해법이다. 따라서 다양한 생활의 교통량이 많은 삶의 교차로에서 자율적으로 작동하는 생활의 신호등을 도입하는 것은 효과를 극대화시킬 수 있다.

　죄인이 위기의 상황에 있다면 죄는 밉지만 우선 그의 생명을 살리는 것이 인간애의 발로이듯이, 아흔아홉 마리의 양보다 잃어버린 한 마리의 양을 찾는 것처럼 자율적이고 능동적인 회전교차로식 삶, 무질서 가운데 보이지 않는 질서가 지켜지고, 비양심 같지만 양심에 버금가는 양보와 질서가 세상을 구속시키지 않는다면, 회전교차로와 같은 마음의 자유의지가 훨씬 인간답다. 그런즉 우리의 믿음생활 또한 얄팍한 인간적 사고와 판단, 사회적 요구와 율법에만 의존할 것이 아니라, 하나님 중심으로 생각하고 신뢰하고 순종하는 로터리식 믿음이 필요하다.

　일상 경직된 생각과 생활에서 양심에 비추어 질서가 진지하고 참되게 지켜진다면, 이 세상은 보이는 외적인 것보다 내적으로 더 아름답고 원활하게 유지될 것이다.

　장애인 주차구역에서 장애인에게 결코 피해가 되지 않도록 양심껏 잠시 주차한다거나, 신호등이 꺼진 로터리에서 먼저 진입한 차량이 우선 진행한다는 규칙만 융통성 있게 지켜진다면, 서로 간에 특별한 불편이나 사고와 분쟁이 일어나지 않을 것이다. 불필요한 신호등이 오히려 빈 로터리에서 차량의 운행을 훼방하고 흐름을 지연시킨다면, 이 또한 생활에 불편을 유발할 것이다. 그래서 질서만이 절대적으로 올바르고, 규칙을 지키지 않는 것은 혼잡을 일으킨다는 생각은 편견에 지나지 않는다.

　무질서 가운데 보이지 않게 질서를 유지하며 자율성을 지키는 것은 자연스러운 또 다른 질서이다. 무질서 속에 질서가 유지됨으로 때로 유익한 것처럼, 선한 비양심이 양심을 뛰어넘는다면, 악화가 양화를 구축하게 될 것이다. 이처럼 엄격한 규칙과 질서보다 자율적으로 개방된 생활 속에서 회전 로터리식 사고를 적용시킨다면, 획일적인 방법보다 훨씬 유연할 것이다.

'나'라면

- 생(延命)과 사(捐命) -

∙

∙

✒ 세상 곳곳에서는 자신의 문제를 풀어가기 위해서 목숨을 가볍게 여기는 풍조가 있다. 이러한 상황에 이르면, '나'라면 어떻게 할까?

누구에게나 자기 삶이 있고, 생활이 있고, 죽음이 있고, 행복도 불행도 있다. 그렇다고 해서 누구도 제 마음대로 살고 죽으며, 행복해지고 불행해질 수는 없다. 옳고 그름이 따로 없고, 선도 악도 따로 없다. 오롯이 자기 판단에 따라 '나' 중심으로 좋고 싫음, 기쁨과 슬픔, 시름과 번민이 있고, 비탄과 분노가 있을 뿐이다. 그 가운데에는 악을 가장한 선이 있고, 선을 위장한 악이 주인 노릇을 하며 어떻게든 한 자리와 몫을 차지하려고 한다. 그리고 하루를 밑거름 삼아 세상에 존재감을 나타내려고 서로 빈정대고 야유하며 설전을 벌인다. 설사 세상이 각자의 공덕을 헛되이 여기고 모른 척 피해간다 해도 억울하거나 원통하거나 분노하거나 복수심을 불태울 순 없다. 누구도 거들떠보지도 않고 도리어 거칠게 비난만 쏟아낼 것이기 때문이다. 그렇다고 숨겨진 사실과 진실을 조목조목 들춰내며 자신이 답답해하거나, 무력함을 자책할 필요도 없다. 사실과 진실은 엄연히 따로 있고, 세상은 눈을 뜨고 버젓이 살아있기 때문이다.

죽은 자는 말이 없고, 살아남은 자는 진실 게임을 하며 핑계와 구실로 함정에서 빠져나갈 구멍만 찾고, 죽은 자를 욕되게 팔아넘기기까지 진실을 왜곡하고 증명해 보이려 한다.

의혹만 부풀리어 세상을 어지럽히고 불신을 양산한 사람들, 죽기까지 세상이 자신의 편이 되어 마음을 알아주기를 바라며 옹졸하고 비굴하게 남에게 깊은 상처만 남긴 사람들, 때로는 벗어날 수 없이 복잡하게 꼬인 상황을 풀기 위해 죽음만이 억울한 자신의 진실을 밝히는 최선의 무기라고 여기던 어리석은 사람들, 차라리 목숨을 지켜 떳떳하게 상처와 의혹과 진실을 투명하게 밝혀서 자신을 구하는 것은 어떠할까?

"너는 피투성이라도 살라, 다시 이르기를 너는 피투성이라도 살라. (에스겔 16장 6절)"

'나'라면 모든 상황에서 어떤 굴욕을 당해도 떳떳하게 끝까지 참고 살아서 진실이 무언지 세상을 변화시키는 불쏘시개라도 되겠다. 여기까지 굽이굽이 어떻게 살아온 나인데, 절대로 쉽게 절망하거나 세상을 포기하지 않고, 생명이 다할 때까지 살겠다.

죽음으로 당장 잠시의 치욕에서 벗어나고, 빗발치는 능욕을 피하고, 자신의 기품과 영예를 지키려는 처세술은 후세에 자신을 가증스럽게 능욕하게 될 것이다. 사람들은 자기 존재가 사라지면 모든 문제가 잊히고 해결된다고 착각한다. 그러나 진즉 없어지는 것은 자신뿐이지, 그가 뿌리고 남긴 진실과 흔적과 헛된 풍문과 과오는 아니다. 세상은 다만 눈앞에서 자신에게 보이지 않을 뿐, 이미 드리워진 그림자는 자신에게서 영영 사라지는 것이 아니다. 왜냐하면, 세상 안에 내가 있는 것이지 내 안에 세상이 있는 것이 아니기 때문이다.

내가 살고 있는 한 오늘 하루는 은혜의 강물이다. 그래서 나는 살점을 떼어내고 피를 토해서라도 목숨이 붙어 있는 한, 끝까지 살아내야 한다. 세상에 감사하고 사랑하며 용서와 화해로 자신을 비워야 한다. 내 속에 살아있는 세상을 조금이라도 더 담고 남기기 위해서.

나는 스스로에게 묻는다.

"여기까지 어떻게 살아온 나냐고.

무치한 죽음만이 모든 문제 해결의 열쇠가 되는 것이냐고.

과연 좌절과 절망 앞에서 내 뿌리를 송두리째 뽑아내야만 하는 것이냐고.

세상에는 철부지 인생들이 즐비하게 줄지어 깡통을 들고 죽음의 눈을 피해 하루하루 삶을 구걸하고 있는 게 보이지 않느냐고."

'나'라면 절망적인 죽음 앞에서 떳떳하게 입과 눈으로 말하고, 머리와 가슴으로 듣고, 몸과 마음으로 행하며, 믿음으로 세상을 온전히 밝히는 사람으로 살아가겠다.

〈 연명(延命: 생)과 연명(捐命: 사)〉

하얀 달빛이 조요히 내리는 뜰에
불빛 따라 날아드는 하루살이가
고뇌하며 머리를 처박고 겪는 갈등,
포기냐 순응이냐
체념이냐 투쟁이냐
피하려 해도 피할 수 없는 한 길이 있을 뿐

숙명적으로 받아들여야 할 선물이냐
생존을 두고 의연히 벌여야 할 싸움이냐
속을 태우며 틈만 나면 추구하는 것이
목숨을 이어가는 연명(延命)이냐
미련 없이 단호히 생목숨이라도 버리는 연명(捐命)이냐
오로지 삶이냐 죽음이냐 한 길만 있을 뿐이다

어느 것이든 축복이거든
'나'라면,
피투성이가 되어서라도 끝까지 자신을 포기하거나 체념하지 않고
절망의 끝자락에서 삶의 도포 자락을 붙잡거나
믿음의 낭떠러지에서 손을 놓치더라도
인생의 축복인 것을
나는 목숨을 어떻게 이어가든
목숨을 어떻게 거두든
이만큼 산 인생이라면
확실히 하나님의 은혜요 사랑이요 축복이다

장로의 은퇴를 찬하하며

．

．

．

✎ 오래전에 장로로 시무하시던 두 분(장안기, 조정부)이 은퇴하시게 됨에 따라 나는 찬하의 말을 전하도록 부탁을 받았다. 과연 장로의 은퇴가 필요한지 회의가 들지만, 교회에서 만 70세가 되면 시무목사와 장로의 직분을 내려놓고 은퇴를 해야 한다고 한다. 일반 직분을 택함 받은 분들은 일 년 당연직으로 매년 당회에서 재신임을 받기 때문에 은퇴가 별도로 필요 없지만, 기름을 부음 받은 장로의 경우에 은퇴는 현 직임에서 물러나 여생을 거룩하게 지내야 할 시점을 뜻한다.

은퇴 찬하사

"인생은 60세부터"라는 말이 있습니다. 그러나 세상의 가치도 관점도 많이 바뀌어 말의 진의가 빛바랜 지 벌써 오래되었습니다. 언제부턴가 인생은 70부터라지요? 아니 이것도 부족하여 이제는 백세시대라고 말합니다. 사실 생각해보면 인생은 어느 숫자를 기준으로 시작하고 끝나는 것이 아니라, 사는 동안 늘 새롭게 다시 시작되는 것일 뿐입니다.

저는 오늘 장로님의 은퇴를 찬하하고자 합니다.

은퇴(隱退)라 함은 "직임에서 물러나서 사회활동에서 손을 떼고 한가히 지냄"을 말함이요, 찬하(讚賀)라 함은 "경사스러운 일을 축하"하고 또 "칭찬하고 찬양하는 것"이라 했으니 장로님의 은퇴가 진정 경사스러운 일이라서 축하를 드려야 되는 것인지 망설여집니다.

이제 겨우 70세 나이에 들어서서 소위 제2의 삶을 시작할 나이인데 두 손을 놓고 편히 쉬라 하니 말이 되기라도 합니까? 지금의 건강과 하는 의욕에 비하면 도저히 은퇴가 믿기지 않습니다. 친구 같기도 하고, 형님 같기도 한 장로님을 뵙고 신앙생활을 한 지도 벌써 십수 년이 되었습니다.

일찍이 장로님은 암울하고 힘든 격동의 6, 70년대를 거쳐 국가의 재건과 부흥에 앞장섰고, 한편으로는 국가수호를 위해 한평생 온 정렬과 사랑을 쏟으셨습니다.

또한, 장로님은 성전과 성도와 목사님을 섬기며 옥천동 아폴로 성전에서 퇴계동 100주년 기념 성전에 이르기까지 믿음의 어른으로 교회 구석구석 장로님의 손길과 발길, 눈길과 마음과 호흡이 닿지 않은 곳이 없음을 잘 압니다. 언제나 궂은 일을 마다하지 않고 봉사해 오셨는데 저의 짧은 혀로 감히 장로님의 공적을 모두 말씀드릴 수 있겠습니까?

돌이켜 보면 장로님께서는 주의 종으로서 겸손과 순종의 표상이셨으며, 교회와 성도들에게 격을 두지 않고 가까이 다가오셔서 사랑을 실천하시고, 신앙의 본이 되셨던 분이십니다.

교회 문지방이 닳도록 습지고 그늘진 곳을 두루두루 다니시며 도배하듯 남기신 귀한 족적들을 열거하자면 끝이 없겠지만, 사회와 교회의 통념에 따라 치러지는 은퇴인 만큼 서운함과 아쉬움은 어찌할 수가 없나 봅니다. 그러나 은퇴라는 말에 함몰되어 하시던 일에서 손을 놓지 마시고, 앞으로도 저희 신앙의 후배들에게 말씀과 사랑으로 격려해주시고, 믿음의 대로를 열어주시기를 기대합니다. 누구나 언젠가 걸어야 할 길을 앞서 걷는다는 것 이외에 달라진 것은 하나도 없습니다.

저는 개인적으로 "은퇴란 하루하루 사는 오늘에 늘 감사할 수 있는 하나님의 축복의 선물."이라고 말씀을 드리고 싶습니다. 진정한 은퇴 찬하는 앞으로 삶을 다 사시고 하나님 앞에 서는 그날, 주님 품에 안겨서 편히 쉴 때 하나님께서 장로님을 향해 "그동안 수고했다. 내 충성된 종아!"라고 하시며 세상에서 흘렸던 땀과 눈물을 닦아주시고, 등을 어루만지시는 위로라고 믿습니다.

더불어 오늘의 장로님이 있기까지 뒤에서 언제나 눈물로 기도해주시고, 동역해주신 가족과 동료들에게 이 자리를 빌려 진심으로 감사와 찬사를 드립니다.

"一入靑山萬事休(일입청산만사휴)." 한 번 청산 속으로 들어가버리면 만사가 끝이라는 말이 있습니다. 하지만 바라기는 장로로서 은퇴를 한다 해도 일상에서 하나님 일에서 손을 놓거나 칩거하시지 마시고, 능동적으로 성도들에게 신앙의 버팀목이 되시고, 사랑의 기둥이 되시어, 앞에서 끌어주시고, 뒤에서 밀어주시는 조언자가 되어주시길 기도합니다.

피천득 님은 그의 글 「송년」에서 늙음에 대해 말하기를 "기쁨과 슬픔을 많이 겪은 뒤에 맑고 침잠한 눈으로 인생을 관조하는 것도 좋고, 이것에 회상이니 추억이니 하는 것을 계산에 넣으면 늙음도 괜찮다." 했습니다.

장로님,

세상의 관례에 따라 숫자인 나이로 인해 은퇴를 하시더라도 관조하는 눈을 가지고, 지나간 각고의 믿음의 세월을 돌아보며, 항간에서 일컫는 실버 세대가 아니라, 일찍이 못다한 믿음의 열매도 아름답게 일구는 골드 세대가 되시기를 간절히 기도합니다.

우리 모두는 앞으로 장로님을 거울삼아 주의 머리가 되는 교회를 위하여 헌신 봉사하고, 주를 영화롭게 하는 일에 전심을 쏟겠습니다.

은퇴란 삶에 감사하고, 모든 걸 내려놓고, 뒤돌아보고, 허허롭게 웃을 수 있는 것, 아쉬워하며, 사랑이 부족했음을 아는 것이 아니겠어요?

정말 수고하셨습니다. 사랑합니다.

은퇴를 아름다운 삶을 구가하시는 기회로 삼으시고 이전보다 더 하나님의 사랑을 죽기까지 전하시길 두 손을 모아 기도합니다. 내조에 아낌없으신 권사님 아내와 더불어 행복한 나날을 이루어 가시길 진심으로 기원합니다.

-2013.04.-

염치없이 뻔뻔한 삶

- 오늘만을 위한 내일 -

•

•

  ✍ 나에게 가장 본질적인 질문이 있다면, 그것은 '나는 누구를 위해 무엇 때문에 먹고 사는가?'이다. 이에 대해 가장 어리석은 우문우답이나, 현명한 자문자답이 있다면 무책임하게 오직 나로 살기 위해서, 죽기 위해서 사는 것이다. 사람들은 염치없이 세상 보라는 듯이 먹기 위해 살고, 죽기 위해서 먹는 것이 일상에서 정답이다. 사는 특별한 이유보다 목숨이 껌딱지처럼 내 인생에 달라붙어 있기 때문에 어쩔 수 없이 뻔뻔하게 살아갈 뿐이다.

  자기 입맛에 당기고 누군가 알아주는 좋은 말만 찾아서 자기 생각인 양, 마음인 양, 입바르게 냄새를 풍기며 천연덕스럽게 산다. 마치 자선을 하고 큰일을 해낼 것처럼, 세상에 떠도는 좋은 말이란 말을 모두 긁어모아 겉치레하고, 유식한 체, 이웃을 사랑하는 체, 세상 앞에 바른 체한다. 그래 봐야 자신의 좁다란 울안을 벗어나지 못하고, 자책하며 허비적거리고 자신보다 똑똑한 사람, 잘난 세상을 동경하고 부러워하지만, 한편으론 은근히 시기하고 질투하며 속으로 비웃고 조롱한다.

  사람은 살다 보면 언제나 같은 상황에 또다시 놓이게 된다. 죽음에서 해탈하고자 해도 결국 죽음의 나락에 떨어지고, 고통의 굴레에서 벗어나고자 해도 끊임없이 고난의 수렁에서 헤집고 맴돈다. 이 때문에 죽는 것이 사는 것만큼 힘들고, 사는 것 또한 죽기보다 어렵다. 어차피 힘들게 살아봤자 항상 같은 자리에서 맴돌고, 손에 잡히는 것은 고통스러운 상처뿐이기 때문이다.

아침마다 공터에 나가 줄넘기로 삶의 활기를 되찾으려고 묵묵히 줄을 넘지만, 그 자리에 다시 못 서게 되는 날이 올 때 그는 아쉽게 생활을 접어야 한다. 오래 살려는 욕심은 결코 자신을 이겨내지 못하고 그 일로 좌절에 빠진다. 무식하면 용감하다고 섣부른 삶이 죽음을 부르고, 세상을 우습게 여기고 포기할 줄 모르고 좌지우지하려 든다. 이뿐만 아니라 삶에 따른 온갖 욕심을 손아귀에서 놓지 못하고, 기회만 주어지면 건강뿐만 아니라 재물과 권력까지 한꺼번에 넘보고, 불행과 고통이 들끓는 악의 목전에서 세상과 연합하려고 눈치를 살핀다. 이는 오로지 호가호위하며 탐욕과 쾌락에 빠져서 죽음을 서서히 마음속에 잉태시키는 것이다.

나는 저들로부터 세상에서 보고 싶지 않은 자, 피하고 싶은 자, 말을 섞고 싶지 않은 자, 기억에서 영영 지우고 싶은 자로 살고 싶지만, 세상은 누구든 잘나고, 똑똑하고, 겸손한 자로 내버려두지 않는다.

인간은 태어날 때부터 욕정을 품고, 이것저것 가리지 않고 게걸스럽게 씹어 삼키며 입 한쪽으로 게워내고, 다시 핥아 먹기 바쁘다. 그런 중에 여기까지 이르러 목적을 성취하여 학벌도 쌓고, 직장도 얻고, 결혼도 하고, 가정을 이루며, 세상의 온갖 허세와 호세를 누리고, 자신의 삶을 맘껏 탕진하고 방탕하게 살아왔다. 하지만 만족할 줄 모르고 속세에 도취되어 남을 갈취하고, 때로는 그럴 듯하게 꽃단장하고, 온갖 세상 풍진풍파를 겪으며 행려병자 행세를 해왔다. 어쩌다가 나이가 들어 노쇠하고, 병약하고, 불의의 사고를 당하여, 저승 문전에 이르기도 하지만, 그때껏 이루고 누리던 부귀영화를 한꺼번에 불태워 공중에 한 줌의 재로 날리고, 하루아침에 자신을 땅에 묻고, 참담히 죽음을 받아들인다. 그제야 내가 무엇을 위하여 누구를 위하여 지금껏 살아왔는지 뒤돌아보며 가슴을 치고 후회한다. 자신을 위해서 죽음에서 한 발자국도 피하지 못하고 생존을 위하여 이전투구를 벌이며 살아왔던 것이다. 결국 '나'는 없고, 더불어 살아온 '세상'도 없고, 가족도 친구도 없이 허구한 날 하루살이로 살아왔음을 깨닫는다. 그리고 마침내 지긋지긋한 자신의 허물을 벗고, 알몸으로 속절없이 세상을 위해 자신을 밑바닥까지 탕진하고 나서야 통회의 눈물을 흘린다.

나는 오늘도 러닝머신 위에서 나 하나 살아 보자고 세상의 시간에 맞춰 쉬지 않고 다람쥐 쳇바퀴 돌듯 뛴다. 한번 삶의 벨트 위에 발을 올려놓은 이상, 헛디디는 순간, 무참하게 세상 밖으로 나뒹굴고, 온몸에 상처를 입게 된다. 쉬지 않는 시간의 벨트 위에서 잠시 한눈을 파는 순간, 여지없이 넘어져 멍들고 피를 흘리며 목줄에 질질 끌리는 개 신세가 된다. 이럴 때 나는 주위의 민망스러운 눈초리와 비웃는 눈길을 피하려고 세상을 살피며 곤욕스럽게 벨트 밖으로 튕겨 나가지 않으려고 손에 힘을 주어 고개를 숙이고 세상을 붙든다. 그리고 가슴에서 자그마하게 울리는 소리에 귀를 기울인다.

"담대하라. 두려워 마라."

나는 가슴에서 에는 소리에 마음을 굳게 붙들고, 시간의 벨트 위에서 시퍼렇게 멍든 정강이로 절뚝거리며, 세상 위에서 쉬지 않고 발을 내딛는다.

고난에 빠졌을 때 내가 듣는 따뜻한 위로는 믿음과 순종에 있었고, 간절한 기도에 있었다. 하지만 하나님은 때로 나의 기도를 못 들은 척 외면하였다. 내 기도는 하나님을 향한 사랑의 표현이 아니라 단지 내 마음을 지키고 이기기 위한 탄식이었고, 독백이었고, 나 자신에 대한 위로의 한숨에 지나지 않았기 때문이다. 기도는 나의 소원을 들어주는 기적의 요술 상자가 아니라, 하나님의 사랑을 깨닫고 마음 깊이 영성을 심어 의로운 열매가 맺히도록 영광을 구하는 것에 목적이 있었기 때문이다.

제단 앞에서 한 발자국 더 가까이 앞에 나가 무릎을 꿇고 자신의 억울함이나 서러움과 애절한 소원을 쏟아낸다 해도 하나님은 절대 자신의 정직한 길과 뜻에서 벗어난 우리의 소욕으로 잔뜩 낀 생각과 마음을 귀담아들어 주거나 기다려주지 않는다. 그는 오직 자신의 자리를 묵묵히 지킬 뿐, 우리가 손을 힘껏 뻗어 내밀어도 자신의 뜻에 합치하지 않으면 절대 붙잡아주지 않는다. 우리의 생각과 마음이 곧 하나님의 의와 뜻과 하나가 될 때 선한 길이 열리기 때문이다. 그렇지만 나는 오늘도 여전히 불평불만과 원망이 뒤섞인 언투로 염치없이 내 욕심을 간구하며, 이전과 조금도 변하지 않은 나로 살아가고자 한다. 십 년 전에도 그랬듯이 앞으로 얼마를 더 산다 해도 지금의 나로 변함없이 하나님 앞에 서게 될 것이 불 보듯 빤하기 때문이다.

"그렇다면 나는 도대체 무엇 때문에 살아야 하는가?"

오직 하나, 하나님의 신실한 사랑을 사모하기 때문에 염치없이 뻔뻔스럽게 그와 하나가 되기 위해 살아가고 있다.

나에게 내일은 오늘을 위한 것이고, 오늘은 내일을 위한 것이기 때문에 나에게는 오롯이 오늘만을 위한 어제와 내일이 있을 뿐이다.

〈오늘만을 위한 내일〉

백사장에 모래알만큼이나 하루가 널려있어도
우리에게 하루는 단 하나뿐인 오늘
어제는 오늘의 그림자
내일은 손에 잡히지 않는 오늘의 신기루
그럼에도 우리는 내일에 모든 걸 걸고 산다

오늘 하루를 살고 나서야 존재할 내일인데
으레 내일을 보장받은 양
오늘은 대충 살고 막연한 내일을 준비한다
그래서 오늘 뭔가를 얻으면 베갯속에 깊숙이 쑤셔넣어 감추고
내일을 걱정한다

우리에겐 오늘만 있고, 내일은 없기에
오늘은 오늘에 있어야 할 소망이고
오늘만 걱정하면 고만인데
우리는 오늘 사는 일을 내일로 미루고

내일을 위해 오늘을 아끼고 덜 산다

제아무리 보잘것없고 추하다 해도
오늘은 우리에게 속한 보물 상자
오늘을 아름답고 기쁘게 살다가
내일이 오면 내일을 또 오늘 삼아 살면 될 것을
오늘이 시퍼렇게 눈을 뜨고 있는데
내일만 보고 손을 움켜쥐고 펼 줄 모른다

내일은 오늘만의 내일인 것을
빈틈없이 이 세상에 너부러진 하루가
전부 우리 것이 아닌 것을 아는지 모르는지

뒷북치는 세상
- #Me Too -

•

•

✒️ 사람들은 누가 됐든 신분과 위치가 바뀌면 이전과 다른 소리를 내고, 남에게 진실이 밝혀질 때까지 모르쇠하며 언제 그랬느냐고 음흉을 떨고, 돌아서면 삿대질이나 하는 인간이 바로 뒤에서 호박씨나 까는 화상들이고, 쓸데없이 수선을 떨며 뒷북치는 군상들이다. 가장 정직하고 맑아야 할 사회적 종교적 지도자들조차도 지켜야 할 마지노선까지 멋대로 무너뜨리고 태연자약하게 자신만 생각하는 사람들이 들끓는 곳이 현실이다. 세상이 바뀌고, 이해관계가 상반되고, 처지가 달라지면 제일 먼저 바꾸는 것이 말의 구태이고, 이로부터 벗어나지 못하고 정색을 하는 것이 그들의 진상이다.

"당신네들도 예전에 그렇지 않았느냐?"며 지금 당신이 하는 짓거리가 바로 예전에 내가 했던 구태의연한 모습이라고 지적하고 핀잔을 놓고 뒤늦게 쓸데없이 수선을 떨며 뒷북을 친다.

사회적 약자가 "나도 당했어."라고 '#Me Too' 운동이 확산되는 가운데 가해자는 당장 곤경에 처한 상황을 모면하기 위해 모르쇠로 일관하거나, 기억이 잘 나질 않는다느니, 자신에게 오해가 있었다느니 일단 부정해 놓고, 구체적인 폐해와 진실이 조금씩 벗겨지면 비로소 가소로운 자신의 행위를 인정하고 사과하는 등 웃지 못 할 작태를 보인다. 자기 나름 사회적으로 높은 인지도와 학식, 명성, 권세와 재물을 빌미로 힘없는 약자를 자신의 노리개로 삼는 인간성이 추잡하고 역겹기는 짐승과 다를 바 없다. 한 길로 정진하여 마음과 정신을 닦아도 자신을 정화하거나 겸손히 낮추지 못함은 어쩔 수 없는 인간의 본색과 허세를 적나라하게 보여준다.

말하기조차 민망하지만 소위 바바리맨처럼 행동하며 동물적 감성에 사로잡혀 인성을 망각하고 오만하게 세상을 조롱하는 그가 과연 사람들에게 정신적 사회적으로 영향력을 끼쳤다는 것이 사실인지 믿기지 않는다. 참으로 세상의 정본이 되어야 할 인물이 교만과 가식에 뒤범벅이 되어 거들먹거리며 이성을 잃고 철없이 행동을 했다니, 그토록 만든 사회적 분위기가 죄인가, 자정 능력이 허약한 자신의 탓인가, 허탈할 뿐이다.

노동시장에서 남녀의 사회적 활동과 경제적 능력이 동등하게 성장하면서 평등한 삶을 주장하는 성향의 하나로 남녀평등의 규범에서 해법을 찾으려는 흐름이 심각하게 인식되기 시작하면서 "나도 당했다."는 폭로성 또는 고백성 '#Me Too'가 세상을 정화하는 데에 얼마나 큰 역할을 해낼 수 있을까? 시간이 지나면 약자는 소용돌이치고 이슈화된 상황 앞에서 스스로 고개를 조아리지만, "남녀칠세부동석(男女七歲不同席)"과 같은 펜스 룰(Pence Rule)이 남녀의 공동생활에 다시 지각 변동을 일으키지 않을지 걱정이 된다.

더불어 요즈음 '#Me Too'의 사회적 문제는 상호 입장과 처지가 뒤바뀌었을 때, 과거에 너도 내 위치에 있을 때 "똑 같았다."며 구태에서 벗어나지 못하고 자기를 정당화하는 소위 '#You Too!'에 있다.

따지고 보면 자신을 향한 문제의 제기나, 상대를 향한 문제의 지적에 있어서 둘 다 사회적 비중은 다르지 않다. '너'와 '나'라는 대상이 바뀌었을 뿐 사회적 혼란을 가중시키는 것은 동일하다. 너도 예전에 나와 같은 생각, 의견을 가지고 있었는데 입지가 바뀌면서 자기에게 유리한 반대를 위한 반대를 한다며, 상대를 비난하고 지탄하며 자신을 정당화하려고만 한다면, 절대 세상은 이율배반적인 주장에서 한 발자국도 더 진전될 수 없기 때문이다. 이러한 생각이 상식이라면 언제나 갈등의 골은 깊어가고, 갈등의 고리는 더 꼬이기 마련이다.

'#Me Too'는 가해자로부터 피해를 받는 자는 너만 아니라, 나도 있다고 억울함을 호소하며 10년 묵은 체증을 푸는 것으로 문제의 해결점을 찾는다면 절대 근본적인 문제는 풀리지 않을 것이다. 또한, 피해자는 가해자의 힘을 거부하지 못하여 일방적으로 부당하게 당했다고 폭로하는 보복성이 농후하다면, 이 문제는 또한 악순환이 될 것이다. 이 때문에 피해자가 용기 있게 자신을 희생하면서라도 해결하는 방법을 곧바로 취했더라면 과거에 묻힌 상처는 더 깊이 곪지 않고 문제의 고리는 더 엉키지 않았을 것이다.

'#Me Too' 운동에 화들짝 놀라서 눈에 보이는 사회의 잘못된 악습을 파헤치려는 피해자들이 속속 드러나면서 주목되는 가해자들은 주로 그가 몸을 담고 있는 분야에서 대내외적으로 존경을 받고, 무소불위의 힘을 휘두르는 인물로 감히 무시할 수 없었기에, 피해 당사자는 그들 앞에서 부당한 대우를 받고도 고통의 짐을 질

수밖에 없는 약자들이었다.

매스컴에 보도된 가해자는 이를테면 유명세가 붙은 인물로 작가들로부터 예능계에서 이름난 연출가이고, 교수이고, 정치인들이고 해당 분야에서 깨나 영향력을 끼칠 수 있는 인사들로써 '자기 정도면, 별문제 없이 자신의 행위가 당연히 무마될 수 있고, 용납될 수 있다.'는 생각을 하고 있었다면, 이는 결코 가볍게 보아 넘길 사안은 아니다. 반면에 가해에 대해 침묵하는 사람들 대부분은 가족이라서, 동료라서, 절친한 친구라서 알고도 모른 척 묵과하고, 같은 자리에 동석했다는 이유로 묵인하고, 조금이라도 연정을 느껴서, 동료의식 때문에, 본디 그럴 사람이 아닌데 순간적으로 이성을 잃었다는 애증 때문에, 인간적으로 전문인으로 뛰어난 재능이 아깝다는 이유로 입을 다물고 있는 사람들로 그들에게 주어지는 심적 고통과 아픔은 말할 수 없이 크다.

그러나 피해자 중에는 해묵은 행위를 폭로함으로써 이미 개과천선한 가해자를 심판대에 불러 세우는 것은 보복성으로, 남 말하기 좋아서, 숨겨진 지난날을 벗기고 응징한다는 마음으로 "나도 당했다."고 토를 단다면 결코 이 또한 순수한 마음에서 용서될 수 없다. 하지만 시대적 정화 바람이 전 분야에서 조금씩 용기를 심어주고, 하나의 국민운동으로 '#Me Too'가 확산되고 있음은 다행스러운 일이다. 오래전에 잘못된 생활의 일탈로 인해 이차적인 피해로 가정이 파괴되고, 개인의 지위가 추락하고, 한 사람의 고발이 다른 사람과 여러 분야에까지 파급되는 사회적 운동 소위 '뒷북치는 일'은 생각보다 크고 위중하다. 이러한 바람이 사회 전반에 혼란을 일으키고 아프게 하고 한바탕 스쳐 지나가는 흐름으로 남는다면, 이는 여전히 심각하다. 폭로가 사사로이 한 개인을 매도하고 사장시키는 것으로 끝난다면, 이는 온전히 정의로운 사회로 돌아가기 위한 필요충분조건이 될 수 없다. 때로는 작은 관용과 용서가 잘못된 사회를 고쳐갈 수 있는 자생력을 키워주는 촉매가 되는 것이 바람직하다.

피해자의 폭로가 다른 사람의 호응을 받아 고무될 수 있고, 가해자는 죄과를 진정으로 회개하고 용서받고 자활의 기회를 얻는 것이 당연하지만, 자신들의 경쟁자들이 이를 역으로 이용하여 2차 폭로를 증폭시킨다면 뜻하지 않게 다른 피해를 양산하게 될 것이기 때문에 '#Me Too'로 인한 상처를 치유하고 재기의 기회를 만들어 가는 양심적인 응원자가 필요하다.

세상은 냉혹하고 자기중심적이다. 한 번의 잘못으로 다시는 그릇된 행위를 반복하지 않고, 사회의 자정 능력을 회복하고, 사회적 기틀을 바르게 세워가는 것이 요구되지만, 교정은 쉽게 이루어지지 않는다. 따라서 '#Me Too' 운동을 기조로 삼아 사회에서 관행처럼 덮어주고, 묵인해 온 부패를 은폐시키거나 미루지 말고, 용기 있게 시원하게 파헤치고 올바른 의식을 심어 근본적으로 사회를 변화시키고, 정비하는 계기가 되어야 할 것이다.

지금까지 묵시적으로 관행적으로 유야무야 덮었던 폐습과 잘못된 의식을 바로잡아 의로운 사회를 구축하는 것은 언제나 필요하다. 그래서 잘못된 일은 묵히거나 썩히지 말고, 옳고 그름을 확실하게 밝히고 인식시킴으로써 의로운 사회가 이루어지길 바란다. 이뿐만 아니라 사회의 주체가 바뀔 때마다 옳고 그름의 바탕이 역전되고 대상이 바뀌어, '#You Too'로 상대방의 잘못을 지적하여 책잡기보다 너도 내 상황에 처해 있을 때가 있었음을 확인시킴으로 지난날의 자신을 돌아보는 의미에서 '#You Too', 즉, "너 또한 그랬었지?"라고 자성하고 자중하고 자인케 함으로써 사회가 또한 변화되길 바란다.

항간에 '#Me Too'는 강한 어조로 "나도 그랬어.", "나도 당했어."라고 항변하는 조로 상대의 허물을 윽박지르며 뒷북만 칠 것이 아니라, 서로의 상황을 엄히 지적하고 이해하고 긍정적으로 다독인다면, 앞으로 우려되는 폭로성 '#Me Too'가 아니라, "나에게도 그런 적이 있었지."라며 용기가 담긴 고백성 '#You Too'로 자연스럽게 전환될 수 있을 것이다.

'#You Too'는 "너도 그랬잖아."로 지난날의 행위를 쥐 잡듯이 따지거나, 끊임없이 반박하는 사회 풍조에서 벗어나 "생각해봐, 과거에 너도 그랬잖아?"라며, 용서와 관용의 자세로 이제는 합치의 관계로 만들어가며 바른 사회를 약속하는 길잡이가 되는 것이 바람직하지 않을까?

일상 속 자화상

·

·

·

✒ 나이를 먹으면 점차로 기억력이 가물거리고, 정신이 깜박거리는 것은 일상이다. 평상시 아침에 일어나면 반복해서 같은 행동을 하는데도 해야 할 일을 매일 잊곤 한다. 때로는 생활의 시작이라 할 수 있는 일 중 하나인 이를 닦거나, 세수하는 일도 잊고 지나치는 게 보통이다. 한낮이 되어서야 언뜻 생각이 나서 뒤돌아보고 할 일을 챙긴다.

가끔 나는 서재나 세면장에서 무엇을 해야 할지 한참 멀뚱멀뚱 서서 두리번거리다가 찬찬히 생각을 더듬는다. 세수를 해야 할지, 이를 닦아야 할지, 수염을 깎아야 할지 턱을 손으로 쓰다듬어 보기도 하고, 개운치 않은 입 안을 들여다보고, 엉클어진 머리를 빗질하며 한동안 같은 자리에 서서 생각에 생각을 거듭하고 머뭇거리기도 한다. 쓸데없이 머릿결을 손으로 쓸어 넘겨도 보고, 혀로 잇몸을 훔치어보고, 한 모금 물로 입 안을 헹구기도 한다. 이러한 행동은 아침에 내가 무엇을 해야 하고, 했는지 기억을 찾아내기 위한 준비 행위이다. 그러나 아무것도 제대로 기억에서 찾을 수가 없을 땐 흥얼거리듯 내뱉는다.

"이따위 것들이 도대체 무슨 대수라도 되나?"

"기억이 나지 않으면 한 번 더 칫솔질하면 되고, 얼굴에 물을 끼얹어 비누칠을 하고 수건으로 닦으며 되는데 뭐가 두려워서 손끝하나 움직이지 않으려고 머뭇거리는지 이해할 수가 없다."고 투덜댄다.

나는 마치 음산한 동굴 속에서 날개를 접고 동굴 밖을 살피는 박쥐처럼 하루를 산다. 세수하고 이를 닦고, 외출 때마다 돌아오면 날개를 퍼덕이듯이 손을 씻는다. 그리고 이만한 일이 나 자신에게 얼마나 중요한 일인지 다시 한 번 생각을 한다. 그럼에도 될수 있으면 게으름을 피우며 필요 없이 같은 일을 반복하지 않으려고 나름대로 규칙과 원칙을 정해 놓고 지키며 남다른 자긍심을 가진다.

나는 칫솔 통을 두 쪽으로 나누어 처음 칫솔이 꽂혀 있는 위치를 기준으로 아침저녁의 다음번 칫솔질 순서를 정한다.

아침에 칫솔이 좌측 통에 꽂혀있으면 아직 이를 닦지 않은 상태로 알고, 칫솔질을 한 후에는 우측 통에 습관적으로 칫솔을 옮겨놓음으로 취침 전에 칫솔질해야 함을 암시한다. 마찬가지로 취침 전에 칫솔질을 하면, 다음날 아침을 위해 칫솔을 좌측 통에 옮겨 놓는 등, 아침과 저녁에 칫솔질 여부를 확인할 이정표를 만들어 둠으로 기억이 가물가물할 때, 불필요한 행위와 빠트린 행위를 확인한다. 혹시라도 중간에 식사라도 하고 나서 다시 칫솔질을 하게 되면 칫솔의 위치는 바꾸지 않고 그 자리에 꽂아둔다. 이처럼 칫솔 위치 하나만으로도 현재 내가 어떤 상태에 있는지 스스로 깨닫게 한다. 곧 내가 하루의 어느 상황에 와 있는지 이정표로 인식한다.

나는 하루 중 내가 있어야 할 상태에 있지 않으면, 내 삶을 잊거나 잃고, 자신을 세상에 무의미하게 방치하고 있음을 알려준다. 이처럼 내 삶은 결국 나 자신을 찾는 표징들의 연속이다. 나의 존재 인식은 언제라도 안개처럼 사라져버릴 공간과 시간에 확실한 점을 찍어 놓는 마음의 매듭이다. 나는 일어나서부터 잠들 때까지 나 자신이 어디에서 어디까지 와 있고, 어떤 상태에 있는지 알리기 위해서 온갖 방법과 수단을 다 동원한다. 나의 삶을 유지하기 위하여 이 모양 저 모양으로 나의 그림자를 찾아 확인하고 만들어 간다.

요즈음 나는 건강을 지키기 위해 먹어야 할 약 종류가 점점 늘어남에 따라 식전과 식후, 오전과 오후, 취침 전과 기상 후, 복용해야 할 약들을 종류와 시간에 따라 구별해야 할 필요가 있다. 약의 종류와 횟수를 혼동하지 않고 구별하기 위해서 약의 위치를 표시해 두고 복용한 것과 복용해야 할 것을 구분한다. 이러한 행동은 나에게 마치 수학 문제를 풀거나 퍼즐을 맞추는 일만큼이나 복잡하고 어렵고 힘든 하루 과제 중 하나이다. 나는 식사 전후로 약들과 전략을 세우고 시간전쟁을 하며 하루를 보내고 나서야 겨우 취침 중에 내가 겪을 고통의 중심에서 조금이나마 벗어나고, 완화할 수 있다.

나는 이처럼 자신을 시간 속에 가두고 하루의 길목을 막아서서 목적지를 찾아 헤매기 일쑤다. 평소에 약속이나 일과에서도 노심초사 늘 걱정하고 염려하고 근심하며, 일이 뒤섞이지 않도록 일정한 순서에 따라 진행하는 시간표와 행로를 정하고, 생각에 메모를 해두고, 그 안에서 자신을 놓치지 않으려고 늘 표를 달고 피곤하게 하루를 보낸다.

　곁에서 지켜보는 사람은 나의 이러한 생활을 두고 숨쉬기조차 힘들고, 여유라곤 찾을 수 없이 빡빡하다느니, 힘들겠다느니, 피곤하겠다느니 말들을 하지만, 이것이 앞으로 살아갈 내 삶의 일부이기에 아무리 힘들어 보이고 고통스럽다 해도 숙명적으로 참고 견뎌내야 한다. 이를 통해 나를 잃지 않고 지켜갈 수 있다면 기쁨이고 행복이라고나 할까, 내가 살아가는 일이란 매일 자신을 되새김질하며 가던 길을 흐트러짐 없이 바르게 세워가는 모양새에 있다. 이 때문에 나는 언제나 내 자리를 지켜야 하고, 바르게 세워야 하고, 정해진 위치에서 벗어나지 않도록 면밀하게 준비해야 한다. 그러나 이러한 나를 빈틈없이 이루어 가도록 항상 곁에서 견제하고 보살펴주고 인도하는 동반자가 있고, 일정을 지켜낼 수 있는 힘이 되어 줌에 감사한다.

　오늘도 나는 하루를 시작한다. 지난날 시간의 행적을 따라 출발한다. 하지만 항상 생각의 연을 시간에서 놓치지 않고 되뇐다.

　'앞으로 얼마나 더 살 건데?'라고 생각하면 현실로 보이는 하루가, 세상이 눈앞에 있음에 감사하지 않을 수가 없다.

　지금껏 살아온 세월과 함께 노쇠한 육신이 천근만근이나 되지만 잠에서 깨어나면 몸뚱이를 억척같이 일으켜 집 안을 한바탕 둘러보고 자던 방문 앞에서 잠시 서성인다. 그리고 무릎을 꿇고 다시 이불 속으로 살포시 두 손을 밀어넣어 잠에 취한 영혼의 허리 밑 등짝을 더듬으며 귓속말로 이름을 부르고 뚱딴지같이 혼잣말을 되뇐다.

　"오늘 하루도 놓치지 말아야지."

그리고 나는 무거운 몸을 일으켜 아침 바람을 쐰다.

"언제까지 이렇게 아침마다 밉상을 떨며 치근덕거릴 수 있을까?"

나는 하룻길 어디쯤 와 있는지, 이정표 되시는 하나님이 오늘 아침도 나의 깨어남을 살피고, 저녁에도 잠자리가 준비되어 있는지 지켜보고 있을 것을 믿고 감사한다.

절실했던 집밥

·

·

·

✒ 아직 오후 5시인데 벌써 나는 견딜 수 없을 정도로 무척 배가 고팠다. 군입정으로 해결될 일이 아니라, 푸짐하게 차린 밥상이 굴뚝같았다. 좀처럼 이래 본 적이 없던 나에게 오늘따라 집밥이 간절히 생각났다. 나는 무턱대고 어린애처럼 아내에게 배가 고프다고, 밥이 먹고 싶다고 졸랐다. 그러면 곧 아내는 만사를 젖혀놓고 밥상을 차려줄 것으로 생각했기 때문이다. 하지만 아내는 벽시계를 보더니 이제 5시라며 지금 쌀을 씻어 전기밥솥에 밥물을 올려놓으면 30분 정도는 걸려야 뜸이 들고, 그리고도 30분이 지난 6시나 되어야 밥을 먹을 수 있다고 했다. 나는 햇반이라도 전자레인지에서 데워주었으면 했으나 기대는 빗나갔다. 은근히 부아가 치밀었다. 배가 고프다는데 한 시간 뒤에나 밥을 먹을 수 있다는 투박스런 말투가 섭섭했다. 그렇다고 내가 손수 나서서 밥상을 차릴 마음은 없었다.

어릴 적 내 어머니는 흙투성이가 되도록 밖에서 뛰어놀다가도 아무 때나 집에 뛰어 들어가서 "엄마, 배고파!"라고 하면 만사를 제쳐놓고,

"아이고 우리 새끼, 잠깐만 기다려라. 엄마가 곧 밥상을 차려주마."

하며 찬장에서 반찬을 꺼내고, 부엌 천장에 누런 삼베로 덮여 매달린 소쿠리에서 꽁보리 찬밥을 덜어내어 밥상을 차려주던 생각이 문득 났다. 군말 없이 자식이 배고파하는 시장기를 잠시라도 놓칠세라, 허둥지둥 밥을 차려주던 어머니의 뒷모습이 어렴풋이 떠올랐다.

아내가 "한 시간 후쯤."이라고 가볍게 던진 소리에 나는 더 할 말을 잃고, 삐주룩하여 방을 맴돌다 숨을 죽이고 배를 쓸어내렸다. 이전 혈기 같으면 냉장고를 열고 먹을거리를 찾아내 먹었을 터인데 오늘따라 아내가 차려주는 집밥이 먹고 싶었던 것이다. 그렇다고 아내에게 귀찮게 조를 수도 없이, 기분을 내색하고 싶지 않아서 아무 소리 못 하고 뒤로 물러선 자신이 몹시 초라하게 느껴졌다. 외출에서 돌아온 내 기분이 잡친 탓이었을까? 오늘따라 부엌에서 예전보다 더 느릿느릿 들락날락거리는 굼뜬 아내의 뒷모습이 못마땅했다. 나는 속수무책으로 그녀의 뒤를 바라다보고 때를 기다릴 수밖에 없었다. 내 배꼽시계는 아랑곳하지 않고 아내의 배꼽시계에 맞춰 기다릴 수밖에 없었다. 그 사이에 배고픔은 점점 사그라지고 식욕 또한 시들해갔다. 밥 생각은 뒷전이고 배 속은 바람 빠진 고무풍선 같았다. 그렇게 한 시간이 지난 6시경에 이르러서 아내는 식탁 위에 밥상을 차렸다. 반찬은 평소와 변함없이 마른 밑반찬들로 밥맛은 소태나 다름없었다.

나는 젓가락으로 밥이며 반찬이며 끼적거리다가 먹는 둥 마는 둥 숟가락을 놓고 밥상을 물렸다. 식욕이 절정을 이루던 때를 놓친 나에겐 그 이상 입맛이 당기지 않았다. 밥알이 모래알같이 씹혔다.

이렇게 배고픔을 털어버리고 할 일이 없던 나는 저녁 시간을 빈둥거리며 텅 빈 머릿속을 TV 영상으로 채우며 보냈다.

오늘따라 유독 어머니의 뒷모습이 아련하게 떠올라 아내를 향한 서운한 마음과 어머니의 따뜻한 마음이 뒤섞여 가슴에 서러움처럼 밀려왔다.

'아내의 마음은 어머니의 마음이 될 수 없는 걸까? 아내는 자식이 배고파하는 애처로운 모습을 나로부터 결코 느낄 수 없었던 걸까?'

TV의 국제난민을 위한 구호품 지원 홍보물에서 보여주듯이 거의 아사 직전에 있는 아이를 안고 눈물을 글썽이는 어미의 모습을 보고 아내는 배고픔의 마음을 어떻게 이해했을까? 새삼스럽게 밀려오는 서러움을 곱씹으며 배고픔을 지긋이 달랬다.

누구에게나 간절한 시간은 아무 때나 주어지는 것이 아니라, 바늘 끝 같은 한 시점에 짜릿하게 다가오는 법이다. 끼니때처럼 한 번 때를 놓치면 입맛이 바람 빠진 고무풍선처럼 줄어드는 것과도 같이 힘이 빠졌다. 집밥이 먹고 싶을 때, 불필요한 격식을 차리며 준비하느라 절박한 배고픔을 핀셋으로 쏙 잡아 빼버린 아내. 그녀는 평소에 끼니때마다 음식을 가리지 않고 골고루 먹기를 바라 왔지만, 진즉 먹어야 할 시간이 얼마나 중요한지는 미처 깨닫지 못하고 있었던 것 같았다. 끼니를 천금같이 소중하게 여기고, 먹고 싶을 때마다 시간을 늦추지 않고 식탁을 차려주던 마음을 오늘 내게서 느끼지 못한 사연은 무엇 때문이었을까? 일상 나에게 헌신적이던 아내가 잠시 끼니때를 소홀하게 여긴 마음은 잠자리에 들기까지 쉽게 잦아들지 않았다.

오늘따라 살면서 내가 참으로 놓치지 않고 붙들어야 하는 것이 있다면, 그건 새삼스럽게 절박하고 절실한 시간이라는 생각이 들었다. 시간의 똑바른 선택은 인생에서 성공을 좌지우지하는 비결이고 행복이기 때문이었다. 역시 시간을 지키며 한순간도 놓치지 않고 돌보는 넉넉한 마음이 어머니와 같은 마음이 아닐까?

잘난 사람, 잘난 척하는 사람

·

·

·

✒ 나는 잘난 사람인가, 잘난 척하는 사람인가?

오늘따라 누군가 한 '잘난 척하지 마라.'는 말이 유독 나를 향한 질타로 들렸다. 그는 무슨 불만이 있었던지, 무슨 억하심정이 있었던지 작심해서 말한다며 열을 올리고 소리를 높여 하는 말 속에 뼈가 있는 듯했다. 무엇 때문인지 알 수 없으나 일상보다 검붉은 얼굴로 상기되어 던진 말이었다. 말을 청종하는 사람들은 무슨 말을 하고 싶은 건지 몰라서 멍하니 그의 흥분된 얼굴을 시큰둥한 표정으로 뚫어지게 바라다보았다. 그는 지금껏 덮어두었지만, 우리 가운데에는 잘난 척하는 사람이 있다고 일갈하며 이어갔다.

나는 잘난 척하고, 잘난 두 사람의 모습을 다 가지고 있다. 나는 때로 겸하지만 교만하고 오만하기 그지없다. 이 때문에 나는 가능하다면 자주 수세미로, 때 벗기는 수건으로, 떼 비누로 피부에 늘어붙어 있는 오만과 교만의 때를 빡빡 벗기고 밀어내고 깊숙이 뿌리내린 쓰디쓴 잘난 껍질을 피가 나도록 벗겨내고 싶다. 하지만 교만과 오만이 없으면 하루도 버틸 수 없는 연약함과 절박함 그리고 미칠 것 같은 마음을 두고 나는 오늘도 방황한다. 똑똑한 나를 몰라준다고, 그때마다 언젠가는 알아주겠지 하는 칠전팔기의 마음으로 일어선다. 그러나 언제나 무기력해지고, 절망에 빠진 채 비참한 몰골로 심신이 부서져 내리고, 그동안 당한 나의 모습이 얼마나 볼썽사납고, 비굴하고 어처구니없는 좌절감에 빠져 있었는지, 얼마나 부족한 인간이었는지, 그럼에도 속으로 나를 내세우고 있었다니, 생각만 해도 창피하고 쑥스럽고, 마음이 내려앉는다.

오늘 들은 말에 따르면 '잘난 척하는 사람'은 남 앞에 나서서 이러쿵저러쿵 불평불만이 많은 사람으로 교만하고, 자신이 남보다 잘나고 똑똑하다고 여기기 때문에 오는 병이라고 했다. 물론 자신을 비우고 겸손히 자기를 낮추라는 지적이자 충고였지만, 잘난 척하는 사람일수록 잘난 것도 없으면서 머리에 든 것이 많다고 여기는 허심에서 오는 거라고 했다.

교만은 겸손하지 못함에서 오는 소치이고, 자기 딴에는 남들에게 잘 보이려는 허한 마음에서 온다며 "잘난 척하지 마라."고 했지만, 듣기에 따라서 그 역시 스스로 잘난 척하며 교만을 인정하는 의도가 다분했다. 우리 중에 누가 먼저 겉으로 잘났다고 드러낸 적이 있었던가? 그는 자격지심에서 스스로 못나고 부족하고 남들이 자신보다 잘났다고 느끼기 때문이 아닌가?

하기야 오늘날에는 잘난 척이라도 해야만 세상에서 대우받고 살아남을 수 있다. 겸손하고 겸양한 자세로 바보가 되는 것만으로는 세상을 이겨낼 수 없다. 그래서 사람들은 생활에서 자신감을 얻기 위해 남의 잘난 것을 인정하지 못하고, 참지 못하고, 어떻게든 기를 꺾어야만 한다.

세상에 스스로 못났다며 통째로 자신을 꺼내 보이고, 자신의 못

남을 인정하고 고개를 숙이고 쭈그리는 바보가 얼마나 될까? 겉으로 잘난 척이라도 해야 세상을 이기고, 그렇게 해서라도 남을 무너트려야 조금이나마 속이 풀리고 대접을 받기 때문이다. 그런데 제아무리 남 보기에 못났다고 해도 자신에게는 잘난 사람이고, 멍청이 같아 보여도 스스로 똑똑하다고 들이대는 사람이야말로 세상을 남들보다 떳떳하게 사는 모습 중의 하나이다. 그래서 반쯤 미쳐서 잘난 척하며 한 가지 일에 혼신을 빼앗기는 사람이야말로 세상에서 그나마 잘 나가는 대우를 받는다.

잘난 것, 못난 것, 겸손한 것은 엄연히 다르다. 겸손이 잘난 것을 속으로 감추고, 교만이 잘난 것을 겉으로 드러내는 것이라면, 못난 것은 겸손의 극치이다. 교만과 겸손, 잘남과 못남은 다른데, 세상 사람들은 잘난 티를 내는 것을 교만이라 하고, 죽어지내는 것을 겸손이라고 한다.

"잘난 척하지 마라."고 큰소리치는 사람은 어쩌면 스스로 교만하고 잘난 척하는 사람이요, 똑똑한 사람으로 인정받고자 목소리를 높이는 사람이고, 스스로 난 사람이라고 믿는 자이다. 하지만 어느 누가 참으로 잘나서 사람들 앞에 나서서 "잘난 척하지 마라."고 떳떳하게 말할 자격이 있는가?

보아하니 잘났다고 말하는 사람이나, 그 말을 듣고도 아무 말 못 하는 사람이나 모두 맹추에 버금간다. 남이 자신을 알아주지 않으니, 남들 앞에서 갑질을 하며 나무라고 깎아내리고 비아냥거리며 만족해한다. 세상은 이런 상황에서 자신을 지키기 위해 눈물을 머금고 아무 말도 못 하고, 고삐에 묶인 짐승처럼 머리를 조아리고 맹목적으로 못났다고 인정해야 한다. 하지만 세상에 못난 사람이 어디 있고, 잘난 사람 또한 어디 따로 있는가? 오늘도 "잘난 척하지 마라."는 소리를 수없이 듣지만 듣고도 모른 척하는 것이 상책이다.

"그래, 도대체 당신은 뭐 그리 잘 났고, 나는 뭐가 그리도 못났는가?"

그리고 보면 세상을 무던하게 살기 위해 몸부림치다 보니, 잘난 척하며 미쳐보지 않고는 살맛이 나지 않는 것처럼, '그래, 너 잘났다!' 하고 '그래, 너 미쳤구나?'가 적절한 표현이다.

하지만 잘나고 못난 것이 그리도 대단한 흉허물이 되는가? 잘나고 못난 것은 타고난 본색이 아니다. 세상의 못난 사람이라도, 지식도 명예도 재물도 가진 게 없어도 그 나름 잘났고, 많이 가졌어도 못났다. 없어도 있어도 떳떳하게 사는 사람, 세상이 자기 속에 들어있는 것처럼 한몫을 사는 사람이 잘난 사람이다.

내가 보기엔 스스로 흥분하여 검붉은 구릿빛 얼굴에 오만으로 가득 차서 교만이 번뜩이고, 자기를 이기지 못하여 거친 숨을 내쉬는 사람 또한 아무래도 뻔뻔스럽게 잘나 보이지 않는다.

앞으로 얼마나 더 똑똑하게 살 건지 지켜보자고 하니 부담스럽다. 잘났다는 사람이나, 못났다는 사람이나, 모두가 죽음의 절애에 서게 되면 창백한 얼굴에 경색된 표정을 짓기 때문이다.

남의 마음을 아프게 긁고, 자신을 스스로 높이는 것이 잘난 삶인 것 같지만 못난 척, 죽은 척하는 것 또한 남달리 잘난 척하며 사는 다른 모습이다. 남의 가슴에 대못질하여도 자기 마음만 편하면 된다는 생각으로 사는 사람이나, 아무런 이유나 불평불만 없이 고분고분 순종하며 사는 사람이나, 알고 보면 모두 잘난 척하고 사는 사람 중 하나이다.

 욕심이 지나치면 교만하여 자신을 잘난 척하게 만든다. 한사코 자기 것을 챙기지만 먹지도 못할 도토리를 양쪽 볼 주머니에 저장하는 다람쥐와도 같다.

 "욕심이 죄를 낳고 죄가 사망을 낳는다."고 하지만, 잘난 척하는 사람은 자신의 죄와 사망을 이미 초탈하여 죄의식을 느끼지 못하고, 잘난 척하는 것만이 시련을 극복하고 세상을 이기는 길임을 터득하고 양심의 가책을 느끼지 않는 것이 그의 일상적인 생리이다. 그러나 그들은 자신 앞에서 누군가 잘난 척하면 자존심이 상하여 참아내지 못하고 양심을 흔들어 그에게 죄의식을 심어준다.

 오늘도 작심하여 이르는 말, "잘난 척하지 마세요!"는 자기를 포함하여 모든 사람을 향한 항변이고, 마치 세상에 펴는 새로운 가르침인 것처럼 외친다. 그리고 그는 스스로 세상을 통달한 인생의 사부인 것처럼 행세한다.

 나는 오늘도 눈을 말똥말똥 뜨고 그와 마주하여, 상처 난 감정을 억누르며 겸손히 하루를 시작한다. 누가 뭐라 하든 살아있는 생명만으로 이미 감사하며, 수치감을 불어넣어 주는 "잘난 척하지 마라."는 오만하고 교만한 말을 거뜬히 이겨내고, 우리에게 남은 자그마한 순수한 잘남을 부끄럼 없이 속으로 뽐낸다.

젊은 세대와 공존하는 삶

•

•

•

🖋 60이 넘은 노령의 나이에 생각나는 음식이 있다면 주로 어릴 때, 젊었을 때, 한창 일할 나이에 먹었던 것들이 향수처럼 느껴진다. 이 때문에 입에 맞지 않는 음식, 밀가루 음식이나 소위 퓨전 음식, 기름에 튀긴 요리는 나이 든 세대에 쉽게 동화되지 않는다. 이전에 듣지도 보지도 못한 음식들이 젊은 세대의 입맛을 돋운다 해도 나이 든 이에게는 쉽게 익숙해지거나 특별히 깊은 맛이 느껴지지 않는다.

요즈음 젊은이들과 학생들과 어린아이들이 로망으로 여기는 샌드위치와 햄버거, 길거리 포차에서 즐기는 즉석 떡볶이, 어묵 같은 음식이나, 달짝지근한 과일 음료와 시원하고 톡 쏘는 탄산음료는 나이 든 어르신에게는 별로 구미가 당기지 않는다. 하지만 예전부터 수십 년 동안 입에 달고 살아온 집밥에 구수한 숭늉, 새콤하고 상큼한 김치, 매콤하고 맛깔 나는 음식, 짭조름한 젓갈, 구수하고 진하게 끓인 찌개나 곰국은 언제라도 입맛을 당기게 한다.

오늘 나는 일찍이 들어보지도 먹어보지도 못한 밀가루 빵 종류를 나이 든, 그래도 겉으로 깨인 현대인이라 할 수 있는 노인들을 대상으로 맥도날드 카페에 초대할 것을 생각해보았다. 처음에 그들이 느끼는 맛이 어떨지 모르겠지만, 입맛을 들이면 아마도 음식만큼 젊은 세대와 소통하고 공존하는 계기가 될 거라는 기대감에서였다.

내가 제안한 빵은 순수 밀가루 음식이 아니라 옥수수가루를 섞어 구워 겉보기엔 일종의 햄버거처럼 보이지만 부드럽고 크기가 작고 가로로 반쪽 자른 빵 사이에, 소고기나 돼지고기같이 기름이 흐르는 햄버그스테이크를 끼워 넣은 것이 아니라 담백한 베이컨 조각과, 엷게 자른 토마토 조각과 슬라이스 치즈를 잘게 썬 양상추와 함께 차곡차곡 집어넣은 둥글넓적한 음식이다. 한입 물어 뜯어 씹을 수 있을 정도로 적당한 크기의 햄버거 샌드위치인데 맥도날드 머핀(Mac muffin)이라고도 일컫는다. 속이 어떤 재료로 채워지느냐에 따라 소위 베이컨 토마토 머핀, 베이컨 에그 머핀이라고 불리운다. 처음 대하는 사람에게는 빵의 재료가 밀가루라는 선입견 때문에 부담스럽지만 먹어보면 금시 입맛이 생긴다. 서너 번 먹어본 나는 어느새 빵조각 사이에 썰어 넣은 양상추와 토마토 냄새가 유독 입맛을 돋우어 머핀에 매력을 느낀 나머지 아침에 맥카페(Mac cafe)를 지나칠 때면 들어가고 싶은 충동을 받는다. 그러나 아내와 아침상을 차리기로 약속한 화요일과 금요일이나, 주중에 생활에 새로운 변화가 요구되는 날이 아니면 참고 기다렸다가 그날에 우리는 마주 앉아 아침 식사로 대용한다. 달걀 프라이를 빵 사이에 넣은 에그 머핀도 좋지만, 달걀의 퍽퍽한 맛보다 양상추의 아삭아삭 씹히는 베이컨 토마토 머핀이 내 식성에 맞는 편이다.

머핀 세트는 머핀 빵 이외에 감자를 잘게 다지고 뭉쳐서 엷게 기름에 튀긴 소위 감자튀김(해시 브라운)과 음료수로 한 잔의 따뜻한 아메리카노 커피나 아이스 커피와 콜라가 선택적으로 곁들여진다.

많은 사람들은 나이가 들고 세대와 더불어 음식성향이 바뀌면서 밥상 위에 차려진 전통적인 식생활 문화에서 벗어나 젊은 세대와 함께 변화를 공감하고 적응하며 살아가려고 노력한다. 될 수 있으면 간편하고 실속 있는 식생활로 바꾸고, 고리타분한 생각과 마음까지도 멀리하고 새로운 세대의 옷으로 바꿔 입고자 한다. 이런 경향은 새로운 입맛, 새로운 취향과 생활에까지 오늘을 살고자 하는 사람들에게 새 얼굴을 열고 살아가는 힘으로 작용한다.

연로한 나이에 세상을 속속들이 모두 들여다 볼 수는 없지만, 현대인의 기본적인 생활구조를 닮아가면서 다가오는 생소한 미래를 이해하고, 백세시대의 방향키를 미리 틀어줌으로 앞으로 신세계, 신세대를 향해 순항해나갈 수 있기 때문이다. 따라서 나이와 관습과 관계없이 신세대와의 격 없는 만남은 타성에 젖은 과거에서 벗어나 새롭고 신선한 세상을 알고 배워가기 위한 절호의 기회로 삼을 수 있다. 겉만 보고 듣고 아는 것이 아니라, 실제로 몸으로 부딪쳐 피부로 직접 느끼는 기회는 신세대를 알아가는 지름길이고 산지식이 되기 때문이다.

점잖게 차려입은 노인이 햄버거를 먹기 위해 악어처럼 아래턱을 있는 힘을 다해 떡 벌리고 한입 씹어보면 젊은이들 생활의 색다른 묘미를 스스로 느낄 수 있을 것이다. 위신과 체면을 차리고 멀찍이 젊은이들의 생활모습을 바라보는 것만으로 과연 그 세대를 이해한다고 말할 수 있을까? 양반이 테니스를 하인들에게 시켜놓고 노는 모습을 대청마루에서 내려다보고 즐기듯이?

체면치레는 뒷전에 두고 어린 손자와 함께 맥 카페에 손잡고 들어가 악어처럼 한 치라도 입을 더 크게 벌려 앞니로 먹잇감을 물어 낚아채듯 빵을 물고 흔들어 뜯는 젊음의 혈기를 직접 실천해보고, 삶의 의욕으로만 봐왔던 세대의 다른 면모를 현장에서 실제로 체험해볼 수 있다면 어떨까? 세상 안에 직접 들어가 살아보고, 그 안에서 자신이 어떻게 보이는지 거울에 비춰볼 수만 있다면 다른 세대가 흥미롭게 느껴지지 않을까?

나는 맥 카페에서 나이 든 사람들이 보아 익힌 것을 직접 시연해보고 자신의 다른 면모를 발견할 수 있다면, 젊은 세대와 정신적으로 교류하고 공감하며 폭넓게 세상과 공존할 수 있을 것으로 생각된다. 그것은 더 나아가서 직접 대할 수 없는 여러 사회계층과 함께 섞여 호흡하고 맛보는 기회가 되고, 기쁨의 공간이 될 것이기 때문이다.

아름다운 기도

．

．

．

📎 나는 오랫동안 신앙생활을 하며 남이 하는 기도를
수없이 듣고, 기도를 받고, 나 스스로 기도도 했다. 기도에는 개
인과 대중을 비롯하여, 교회와 민족과 국가를 위한 중보 등 특정
한 목적 기도가 있다. 성도들 대부분은 기도 앞에 서면 두려워하
고, 피하려는 습성이 있다. 왜냐하면, 듣는 사람에게 덕이 되도록
아름다운 말로 감동을 주고 그럴싸하게 들려야 한다는 무거운 마
음 때문이다. 특히, 되도록 입을 벌려 자신의 속살을 하나님 앞에
드러내는 연습을 하지 않고, 자기의 생각을 솔직하게 믿음으로 고
백하지 못한 탓이기도 하다. 기도는 하나님 앞에서 솔직하게 평소
에 가지고 있는 마음을 진솔하게 드러내는 것이기 때문이다.

대중 앞에 나서서 대표로 하는 기도는 개인의 입을 통한 기도이
지만 대체로 많은 사람들이 가지고 있는 공통된 생각과 문제를 대
신해서 발현하는 것이다. 그래서 공동체에 대한 대표기도가 진실
로 모든 사람이 수긍하고 누구에게나 만족할 만한 기도의 내용이
될지 알 수 없다. 말하자면 개인 입장에서 기도를 하는지, 진정
대표성을 가지고 하나님을 향하여 폭넓게 대중을 위한 중보인지

진정성을 분별하기가 쉽지 않다. 때로는 여러 가지 문제를 한꺼번에 두루뭉술하게 짜깁기하듯 감동적이고 감격스러운 미사여구를 섞어서 몰아감으로써 중언부언하기 쉽기 때문이다.

기도의 중심에는 누구에게나 적용되는 용서와 회개와 감사와 소망을 빠트릴 수 없다. 이 때문에 자기 자신과 견주어 대표기도는 부담이 될 수 있다. 그렇다고 해도 기도하는 자는 하나님과의 관계 속에서 성도들에게 감동과 찬사와 공감을 주고, 자신에게도 소망과 기쁨이 되고, 많은 성도들로부터 기도에 대해서 동감을 받기 바란다.

나는 최근에 개인적으로 순수하고 아름답고 하나님이 기뻐하셨을 한 권사님의 대표기도를 접하였다. 그 기도는 듣는 자의 태도와 반응과는 관계없이 거부감이 없이 간단명료했고, 신실하게 사랑과 기쁨으로 하나님을 향해 자신의 마음을 가감 없이 있는 그대로 드러냈기 때문이다.

"힘들고 어려울 때만 하나님을 찾는 우리가 되지 않게 하시고, 기쁘고 즐거울 때도 하나님 앞을 떠나지 않는 우리가 되게 하소서."

솔직하고 평범한 이 기도는 기도 중에 부족함을 느끼고 덧붙임으로써 기도를 채워야 할 것처럼 지루하고 허언처럼 들리거나 느껴지지 않았다. 쓸데없이 미사여구를 늘어놓음으로 듣는 자에게 오히려 상처를 심어주지 않았고, 본질에서 벗어나지 않은 기도, 불필요하게 감정을 섞어가며 울부짖는 기도, 듣는 이에게 아픔과 자책을 가중시키고, 애달픈 말로 마음을 자극시키고, 동정심을 유발시키고, 마치 절망 가운데 소망이 이루어질 것처럼 가슴을 방망

이질하는 속죄나 듣기 좋은 미려한 로망의 기도가 아니었다. 차분하고 깊이가 있는 생각과 감동을 더하는 기도였다.

"힘들고 어려울 때만 하나님을 찾는 우리가 되지 않게 하시고, 기쁘고 즐거울 때도 하나님 앞을 떠나지 않는 우리가 되게 하소서."처럼 가식 없는 고백의 기도로 은혜와 잔잔하고 따끈한 사랑이 담겨 있었다. 틀림없이 하나님은 그의 기도만큼이나 성도들의 마음을 불쌍하고 가련히 여기어 소망을 주고, 맑고 깨끗한 심령을 심어, 산뜻하고 시원한 마음과 정신을 일깨워줄 것처럼 쿨하게 나에게 그의 진중한 기도가 오랫동안 기억에서 떠나지 않았고 마음에서 맴돌았다. 그의 기도는 군더더기 없이 깔끔하고 진솔하고, 듣는 이의 마음에 편안함을 주고, 감동적이었다.

게다가 하나님께 드려야 할 소망은 하나도 빠뜨리지 않고 조곤조곤 차분하게 엮어가는 기도, 시원하게 마무리한 기도는 오랜만에 천상에 울려퍼지는 기도를 대하는 것 같았다.

기도가 끝날 즈음에 무언가 조금 아쉬움이 있을 정도로 부족하고 허전한 마음이 들어 불필요하게 덧붙일 말이 나올 법도 한데, 그는 주저하지 않고 기도를 끝내는 깔끔한 미문(美文)이 듣는 나에게 감동적이었다.

"성도님들 앉으신 그 자리 자리가 축복받는 자리가 되게 하나님께서 특별히 기억하여 주시옵소서. 오신 길을 지켜주셨듯이 성도님들 돌아가는 그 길도 함께 하시옵소서."

지찬란 권사님의 기도는 하나님을 대하는 자신을 가감 없이 성도들을 대신하여 드러내는 참모습으로 개인적으로 진솔하게 나에게 다가왔다.

기도문

"사람이 귀를 돌려 율법을 듣지 아니하면, 그의 기도도 가증하니라." 하신 말씀처럼 이 기도가 가증스럽지 않길 바랍니다.

슬픔과 기쁨이 날줄과 씨줄처럼 우리의 삶을 엮지만, 이 또한 하나님의 뜻 안에 있음을 압니다.

힘들고 어려울 때만 하나님을 찾는 우리가 되지 않게 하시고, 기쁘고 즐거울 때도 하나님 앞을 떠나지 않는 우리가 되게 하소서.

이 시간에 주의 종이 주시는 말씀이 넘어져 고통 중에 있는 성도님께는 일으켜주는 두 손이 되게 하시고, 길을 잃은 성도님께는 형통한 길로 이끄시는 말씀이길 바랍니다.

바쁜 일상을 뒤로하고, 감사로 찬양하는 갈릴리 찬양단과, 봉사하는 모든 분을 일일이 손잡아주시고, 목사님 또한 더 많은 은혜로 그 삶을 채워주시길 기도합니다.

성도님들 앉으신 자리 자리가 축복받는 자리가 되게 하나님께서 특별히 기억하여 주시옵소서. 오신 길을 지켜주셨듯이 성도님들 돌아가는 그 길도 함께 하시옵소서.

예수님의 이름으로 기도드렸습니다. 아멘.

3부 행복의 끝자락

나의 사랑하는 주인님
나는 당신을 위한 작은 찻종지
당신의 손에 붙들려 있으면 이렇게 좋은데
언제 떠날지 몰라 마음이 아스러집니다.
당신이 바라다보는 눈빛만으로도
세상은 온통 나의 것이 되고 부러울 게 없답니다.
당신의 풀빛 슬픔을 내 안에 오래도록 담아
당신을 느끼고 싶습니다.

찻종지

·

·

·

나는 세상에 태어난 이후로 오직 당신만을 위해 있습니다.
당신이 불러주면 언제라도 달려가 둥그런 청잣빛 얼굴로
당신 앞에 고개 숙여 다소곳이 처분만 기다립니다.
당신이 손안에 나를 감싸고 따스한 손길로 애무하듯 어루만지고
슬며시 볼에 당신의 입술을 갖다 대면
나는 눈을 지그시 감고 먼 동화 속으로 빠져듭니다.
당신의 손에 이끌리어.

한마디 말도 없이 찻상 앞에서 당신과 긴 밤을 지샐 때
당신의 훈훈한 숨결이 콧잔등을 스칠 때마다
나는 당신의 향기로운 체취에 취해
마음 구석에 당신의 사랑스러운 마음을 녹여 담습니다.
당신은 나에게 존재의 의미이기에.

행여나 오늘도 불러줄까
인기척만 들려도 당신의 오가는 길목 찻장에서 눈치만 살핍니다.

언제든 당신의 마음을 고이 담기 위해 나를 통째로 비우고
나를 당신의 손가락 사이에 끼고 들어 올려
보드라운 두 손으로 보듬어주면
나는 어쩔 줄 몰라 얼굴을 붉힙니다.
당신의 엷고 붉은 한 번만의 따스한 입술에
그동안의 지루한 기다림을 새하얗게 잊을 수 있답니다.
그러나 당신이 내 가슴을 이유도 없이 긁어대고 격하게 톡
톡 쳐대면
내 마음에 금이 갈까
조각이라도 날까
마음을 졸입니다.

때로 귀찮다고 바쁘다고 말없이 내 곁을 서둘러 떠날 때면
나는 마음이 시리고 아파서 숨조차 멎습니다.
그러다가 나를 당신 앞에 두고 오순도순 이야기가 오갈 때면
사모하는 당신을 오랫동안 올려다보고 대할 수 있어서 행
복에 빠져
버립니다.

당신은 나의 사랑하는 주인님
나는 당신을 위한 작은 찻종지
당신의 손에 붙들려 있으면 이렇게 좋은데
언제 떠날지 몰라 마음이 아스러집니다.
당신이 바라다보는 눈빛만으로

세상은 온통 나의 것이 되고 부러울 게 없답니다.
당신의 풀빛 슬픔을 내 안에 오래도록 담아 느끼고 싶습니다.

사랑하는 당신,
나는 이제 당신 손에서 떠나면 하찮은 질그릇
당신의 시선이 닿지 않는 곳에선 볼품없는 사금파리일 뿐입
니다.
찻장에서 오늘도 외로이 기다리는 나를 기억하소서.

속마음 들킬까 봐

·

·

·

검은 구름이 하늘을 뒤덮던 날
나는 뒤뜰 사립문에 몸을 숨기고
당신을 마음에 꾹꾹 눌러 담아 보지만
우중충한 마음에서 벗어날 수 없습니다.

나는 언제나 슬픔을 머금은 벙어리
당신은 파도에 꿈쩍하지 않는 검푸른 갯바위
내가 새치름한 당신을 대할 때마다
계면쩍게 웃어 보이며
온종일 당신 주변을 서성여도
당신은 벙어리 되어 몸을 웅크립니다.
어쩌다가 당신 곁에 자리를 펴고
다리를 길쭉이 뻗어보지만
당신은 까칠한 암초가 되어 꿈적이지 않습니다.

혹시라도 귀엣말은 들어줄까 속삭여보고

비끼어 서서 곁눈질하며 졸라보고
어색한 몸짓으로 애교도 떨어보지만
여전히 모른 체하는 당신.
그러나 나는 당신을 웅성거리는 광장에서
절망의 인파가 득실거리는 거리에서
단박에 알아볼 수 있습니다.
당신은 나를 통해 태어났기에

나는 마음을 나누어 달라고 애처로이 구걸해도
당신이 게슴츠레한 눈으로 한숨을 몰아쉴 때
나는 괜한 두려움에 어깻죽지를 늘어트리고
터덜터덜 당신 뒤를 묵묵히 따라 나섭니다.
혹시라도 가련히 여겨줄까
잠시라도 기다려줄까
사립문까지 따라가며 당신의 마음을 기다려도
끝내 말없이 힐끗 흘겨보고 지나칩니다.

혹시라도 당신 얼굴과 마주치면
속마음 들킬까 봐
한마디 말도 못하고 마음만 썩히다가
어둠이 가득한 길로 질질 끌려나갑니다.

당신 때문에

•

•

•

나는 초롱초롱한 사랑의 기억들로 가슴이 메고
온몸이 불덩이가 되도록 열병을 앓아본 적이 있습니다.
당신 때문에

가슴이 터질 듯 호흡이 잦아드는
영혼의 흐느낌이 귓가에 머문 적도,
아득한 봄날
슬픔이 볼을 타고 내린 적도,
옷깃이 바람에 스치기만 해도
밤 깊은 잠자리에서 뜬 눈으로
구겨진 마음을 안타깝게 펴고 접고 맞춰보며
슬픔에 물든 마음을 지울 수 없어
거리로 방황하던 적도,
그리움을 허공에 눈물로 뿌리고
애틋하게 기다려본 적도 숱합니다.

눈길이 마주치면
수줍어 어쩔 줄 몰라 하던 당신 때문에
온종일 가슴이 벅차고
떨리는 마음을 주체할 수 없어
가슴을 쥐고 먼발치에서 바라만 봅니다.
당신 때문에

나는 따뜻한 봄볕 아래
파릇파릇 움돋는 초록빛 잔디에 누워
하늘을 바라보며
커져가는 당신 생각에 눈물만 흘립니다.

파도의 일생

．

．

．

쪽빛과 잿빛으로 나뉘어 반짝이는 유리알 바닷가
하늘에 맞닿은 지평선 저~ 끝에서
하얀 모자 쓰고 너울대며
몸을 꼿꼿이 세워 달려오는 거인
그의 허리가 꺾이면
쉬~ 하고 주저앉았다가 뒤처질세라
거침없이 저승사자 얼굴을 하고 다시
등을 곧추세워 앞으로 달음박질친다.

그러기를 한참
제풀에 꺾여 무릎을 꿇고 몸 낮추기를 반복하다
망망대해를 포복하여 굽이쳐 달려온다.
모래 내음이 가까워지면
긴 여정으로 참았던 서러움이 북받쳐
목청 돋우어 고래고래 소리 지르고
억누른 멀미를 끝내 구역질로 토해낸다.

두 갈래 갈라진 뱀 혀로 날름거리며 먹이를 휘어 감치듯
부서지는 검푸른 파도를 가슴에 한껏 빨아들여
힘이 바닥날 때까지 전속력으로
쏴~악~ 모래사장으로
쓰~윽~ 갯벌 위로 달려
날카로운 용의 이빨을 드러낸 갯바위에
철퍼덕 철썩
우르르 쾅쾅~
물거품을 입에 문 파도는
가속이 붙은 물결에 몸을 맡기고
산화(散花)하듯 물보라를 일으키며
산산조각 우윳빛 눈물을 뿜어낸다.
쉬~

바위틈 미로 사이로 흩어진 잔해는
철썩 찰싹
쭈르륵 쓰~윽~
꼬르륵
한참이나 침묵하다 숨을 죽이고
휴식을 누리는 동안
갈기갈기 찢긴 자신을 다시 모으기 위해
왔던 길로 쓸려 내려가며
찰랑찰랑

수만 개의 하얀 꽃잎들이 눈을 감는다.

바위에 몸을 갈고 뒤로 물러선 파도는
새파랗게 독이 오른 얼굴로
물고랑을 깊이 파고
더 크게 포효하며 힘을 모아
한 치도 물러서지 않고
갯바위를 향해 천년을 두고 준비해 온
최후의 결전을 벼르고 또 벼른다.

저만치 파도를 몰이해 온 갈매기는
짙푸른 물결 위에 잔칫상을 차리고
종이배처럼 출렁이며 한가롭게 춤을 춘다.
그리고 지쳐버린 파도는
마지막 힘을 모아 굉음을 울리며
찢어질 듯 아픔을 가슴에 품고
다시 부서져라 갯바위를 향해 돌진한다.
우르르 쾅쾅~
쏴~
물거품을 한입 토해내며
오늘도 쉬지 않고 자신을 깨뜨리고 또 깨트린다.

이차원의 삶

·

·

·

한낮 정오에 무턱대고 병원을 나선 거리
따가운 햇볕이 부서져내리고
행인들은 늘어진 가로수 길가를 따라 꾸물거린다.
굶주린 배를 움켜쥐고 식당 문을 기웃거려보지만
마음 편히 맞아주는 곳은 없다.
열기가 달아오른 병실에 누워 새로운 삶의 방점을 찍은 막내
서툴지만 본능적으로 허둥대는 옆모습에
아내의 그늘이 드리워 있다.

막내가 꿈 같은 시간을 보낼 즈음
거리에 멀거니 나앉아 한산한 거리를 바라보는데
아스팔트가 녹아내리는 길가에는
뒤뚱대는 행인들의 그림자가 꿈틀거리고,
차도에는 정오의 작달막한 그림자를 밟고 오가는 차량 행렬이
용광로에서 끓어오르는 쇳물처럼 느글거린다.

막내가 수십억 겹 비비 꼬인 실타래의 한 올을 뽑아 잡고
새 생명을 매듭짓는 경이로운 시간에
나는 누더기 시간을 주워 거리에서 잇댄다.
과거에 살았던 사람들과 함께
너와 내가 따로 없이 하나가 되어
'이것이 인생이다!'
'C'est la vie!'
'So ist das Leben!'이라고 코스프레하며 히죽댄다.
실오라기 같은 시간 타래가 당장 작도(斫刀)에 절단된다 해도
나는 철부지같이 실낱에 매달려
뒹굴고 감기고 엉키며 몸부림친다.

봄 날

·

·

·

좁다란 부엌 창밖에서
익어가는 봄만큼 따스한 너의 마음이 밀려온다.
담장 밑에는 작년에 보았던 철쭉이 새치름하게 피어있다.
생각 속 지난해에도
같은 자리에 그 모양으로 피어났었다.
텅 빈 한낮 시간에 한가로이 자태를 자랑하며

밭고랑에서 옥수수 심던 아낙은 보이지 않고
심어진 모종들만 초록빛 머리를 풀고
검정비닐 사이로 가지런히 얼굴을 내민다.
기억을 갈아엎은 흔적들이 숨쉬고 있는 곳은
내년 이맘때도 자리를 지켜낼 수 있을까?
따사로운 봄 아지랑이가 하늘거리는 마을길을 따라
천더기 흰둥이가 어정어정 한가로이 마실 간다.
환대받을 친구 찾아서

장맛비

.

.

.   .

몇 날 며칠 밤이 새도록 땅을 치고 통곡하는 소리
캔버스에 파스텔로 낙서하듯
유리창을 칼날로 그어대며 쏟아대는 빗줄기
갈증 난 대지는 하늘의 샤워기를 모두 틀어놓고
속 시원히 흐르는 물소리에 흰 이빨을 드러낸다.

줄무늬 사이로 멋대로 덧칠하며
쉼 없이 지르는 탄성
널찍한 나뭇잎 위로 우두둑 주르륵
아스팔트에 타닥타닥
대지 위로 떨어지는 빗방울마다
은빛 진주가 반짝 태어나 솟아오르고
보조개 분화구가 파인다.
공중으로 가로지른 전깃줄에 매달린 빗물은
위태하게 대롱대롱
하루살이 꿈꾸듯 잠시 머물다가

천길만길 세상 골짜기에 떨어져 자취를 감춘다.

세상을 가르는 호곡 소리는
그리움에 목말라 새카맣게 타버린 눈물이 되어
아득히 어둠을 신고
두르르 더욱 소리 높여 슬피 운다.
비탄에 가득 찬 아우성으로
미움에 찢긴 외마디로
원망 섞인 한숨으로
벼랑 끝에 비장한 흐느낌이 되어.

땀내 흙내가 풀풀 나는 한여름 저녁 내내
끊이지 않던 창밖의 울부짖음은
영혼의 영롱한 무지개 빛깔을 띤
꽃향내가 되어
소망과 기쁨을 품고 환하게
잠 못 이루는 침실로 다가와
누더기 삶의 솔기를 하나하나 풀어헤치고
짓눌린 영혼의 아픔을 달랜다.

창밖의 남자

·

·

·

장대비가 빗금을 그어대는 어둠 속에
웅성거리던 도시는 한순간에 텅 비고
대낮 같던 거리도 침묵 속으로 치닫고
화려한 쇼윈도의 마네킹만
네온사인 등쌀에 시퍼렇게 멍이 든다.

현란한 불빛이 시름시름 잦아들 즈음
눈물을 훌쩍이던 밤도 고요 속에 묻히고
술 취한 함성마저 끄덕끄덕 조는
창밖 어둠이 가득한 골목길.
온종일 쏟아낸 잔반통이 넘쳐
구정물로 흥건히 적신 길바닥은
밤새도록 역겨운 시궁창 냄새로 질펀하다.

날벌레들이 처마 모퉁이 전등갓 밑에
새카맣게 몰려들어

늦은 밤의 무도회를 새벽까지 이어가고
어둠과 빛이 맞댄 경계에서
생각과 마음의 작은 호롱불 심지가
상념의 실마리마저 불태우며 콜록거릴 때
어둠 속 창밖에
비에 젖은 한 남자가 외로이 서 있다.

추억이 살아나는 계절

．

．

．

가을에는 노랗게 물든 은행잎 엽서가 기억에 떠오른다.

낙엽이 구르는 한적한 도심 가로수 길가로 옷깃을 세우고

입을 한 손으로 감싸고 종종 걷던 때가 생각난다.

대로변 다과점 창가에 바짝 붙어 앉아 오가는 행인들의 움츠린
모습을 살피며 빈 엽서 탁자에 올려놓고, 누구에겐가 편지를 쓰던
때가 아려온다.

은행잎이 바람에 데구루루 구르고,

부연 먼지 일으키며 회오리바람이 쓸쓸히 오한처럼 밀려들면

망연히 어디론가 멀리 떠나고 싶던 때가 생각난다.

검정 고무신 신고 길모퉁이에서 아이를 등에 업고 쭈그리고 앉아

붕어빵을 찍어내던 젊은 아낙네는 지금쯤 어디서 무엇을 할까?

가을은 아직 먼데 마음은 벌써 낙엽이 물들어가는 뜨락을 거닌다.

샛노란 단풍잎을 책갈피에 꽂아두고 누군가 생각날 때면

그 위에 마음을 담아 한 줄의 편지를 써 보내고 싶다.

'보고픈 사람아, 지금 너는 어디에'

낙엽은 소슬한 추억을 불러일으키고,

가을은 허전한 사랑을 일깨우는 아픔의 계절.

겨울 바다

·

·

·

겨울엔 눈 내리는 바닷가에 가고 싶다.

인적이 없이 쓸쓸한 바닷가

바람이 모래알을 감싸고 스치는 을씨년스러운 모래톱

산더미만 한 파도가 굽실대며 토해내는 물거품으로 씻겨간 백사장을 걷고 싶다.

광란의 무도와 아우성치는 여름밤의 땀 내음을 저만치 해풍에 씻어 잠재우고, 하늘과 바다가 맞닿는 수평선에서 쓸려오는 소금기에 마음을 촉촉이 절이며 걷고 싶다.

까맣게 타버린 기억을 더듬으며

잿빛 바람을 등지고 눈안개 자욱하게 두른 바닷가

텅 빈 백사장을 한없이 걷고 싶다.

하늘이 바다가 되고 바다가 하늘이 되어 꿈틀거리는 수평선 너머로

박쥐처럼 거꾸로 매달려 요지경 세상을 들여다보고 싶다.

지리산 자락에서

·

·

·

칼날처럼 서슬이 시퍼런 무더위가 고개를 뻣뻣이 들던 초여름
밤을 새워 달려 새벽에 하차한 지리산 자락 구례역
쏟아져 내린 군장 인파로 한순간에 5일 장터로 변한 역 광장
새벽길을 오금이 저리도록 총알을 타고 성삼재에 다다라
두 눈에 불을 켜고 노고단 산장까지 오르듯이
내가 가야 할 길이라면
칠흑 같은 어둠이 가로막고
광풍이 몰아치고
천둥 번개가 친다 해도
반드시 가야 했다.
어느새 어둠이 걷히고 희미하게 날이 밝아 왔다.

사슴같이 날렵한 발놀림으로 노고단 정상을 넘어
임걸령에서 쉬기를 잠깐
반야봉을 감돌아 한참이나 내리달려
전라도, 경남도, 충청도가 꼭짓점을 이루는 삼도봉에서

굽이치는 산야를 눈이 터지도록 담고
지루한 계단 길을 한참만에 지나
뱀사골 산장을 지척에 두고 비켜서면
토끼봉까지 구름도 쉬고 넘는 오르막이 앞을 가로막고
철쭉이 도열하여 환호하는 터널을 헤집고 정상까지 오르듯이
세상사 힘들고 어려움이 닥쳐도
설움이 소리를 치고
고통이 조롱하며 비웃는다 해도
내가 가야 할 길이라면 어떻든 가야 했다.
헬기장에 올라서서야 하늘이 트이고 뙤약볕이 따가웠다.

어떻게 왔는지 허둥지둥 힘겹게 도달한 연하천 산장
북적대는 산객들로 돗자리 펼 땅 조각은 없지만
손바닥만 한 빈틈을 비집고 끼어 앉아
잠시 책상다리를 한 채 허기를 달래고
산등선, 계곡을 따라 형제봉을 딛고
가다 쉬다 하기를 몇 번
반 시간 남짓 걸려 벽소령에 이르렀듯이
산과 강이 앞에 버티고
고통이 강물처럼 불어나도
누군가의 기다림에 목이 메여
나는 계속 가야만 했다.

일찌감치 벽소령 산장에 다다른 산객은 점령군인 양

그늘에 질펀히 퍼질러 앉아
목을 축이고 숨을 몰아쉬는데
느닷없이 아득한 후미에서 허덕이며 들려오는 소식
체념과 포기와 갈등 가운데
가야 할 길을 앞두고 갈까 말까 설왕설래하기를 한참
해 떨어지기 전에 세석까지 발길이 닿기 어렵고
발 하나 뻗을 자리 없는 산장 대피소에 머물 수 없어
음정리 하산 길을 택할 수밖에 없었다.

어둠에 발목 잡힌 어둑어둑한 산속 시간
가까운 마을에서 하룻밤 민박이 기다리고 있었으니
단단히 각오했던 2박 4일의 지리산 종주산행
세석과 장터목, 천왕봉, 치밭목을 지나 대원사를 향한 계획은
쫄쫄거리고 나오는 샤워 물로 땀 냄새를 씻고 나니
한낱 허망한 이야기가 되고 말았다.
어떻게 얻은 기회인데
언제 다시 올 수 있을까?
아, 젊음이 숨쉬는 지리산

늘 그랬듯이 하루가 덧없이 지나면
심신이 고달파 지치고 힘겨워도
피로와 고달픔이 발목을 잡아맨다 해도
포근히 마음을 감싸주는 곳
안식처로 타박타박 발걸음을 옮겨야 했다.

밤이 더 지체되지 않도록 서둘러
언제 다시 찾을지 알 수 없는
젊음이 호흡하는 지리산을 가슴에 다소곳이 묻고
언제나 내가 돌아오길 기다리는 본향으로 향해야 했다.

삶의 문전에서

·

·

·

나는 매일 새벽에 방안을 서성이며
이럴까, 저럴까
문지방을 건너 이 방, 저 방으로 맴돈다.

문득 거실에서
목을 기다랗게 늘어트린 전등 스탠드와 눈길이 마주치면
잠시 생각을 멈춘다.
언제 누구와 어디서 샀더라?
이것저것 만지작대며 온갖 생각과 말을 뒤섞어
고르던 때가 부연 먼지처럼 그 위에 하늘하늘 내려앉는다.

어쩌다가 책갈피를 뒤적이다
나라도 만나면
잠시 말없이 생각을 멈춘다.
학창시절 해맑은 웃음이 담긴 한 장의 흑백사진
그 위에 눌러앉아 한동안 눈길을 떼지 못하고

그 시간에 붙잡힌 나는
짙은 어둠과 엷은 빛이 섞인 기억의 틈서리에서 서성인다.
손때로 누렇게 변색된 노트를 넘기면
맥박이 뛰고, 숨이 가쁘다.
한 페이지 한 페이지 넘길 때마다
마음이 무너져 내리도록
사랑이 출렁이던 때가 그리워진다.
남의 이야기가 내 이야기가 되어 읽고 또 읽히던 책들
작은 불씨로 남겨둔 사념들이 모닥불처럼 타오른다.

아직도 기억의 가장자리를 맴돌며
지쳐버린 허상을 찾아서
생명이 축축한 삶의 주변을 한참이나 서성인다.
그리워 그리워서
이 방, 저 방 문밖을 기웃거리며
쌓인 기억을 남김없이 망각 속으로 토해낸다.
그리고
나는 오늘도 삶의 문전에서 서성인다.
이럴까, 저럴까 하며.

고목(枯木)

.

.

.

울창한 숲 속 우람한 수목
무성한 곁가지를 치고 다듬은 통나무 하나
쇠고리로 묶어 제재소 너른 마당에 끌어다 놓고
수피를 벗기고, 널빤지로, 각목으로 켜서
자로 재고 자르고 엮어
톱질하고 대패질하여 말끔히 다듬고 분장하면
몸뚱이가 동강 난 꽁다리와
사지 잘린 몽당 나무로 태어나고
금가고 삐딱하게 쪼개지고
못 자국, 망치 자국, 곳곳에 긁힌 흠집으로
먹줄로 만신창이가 되어
한데로 밀리고 버림받아
음습한 구석에 자투리로 팽개쳐진 화목 신세

혹시나 언젠가 생긴 대로라도 쓰일까 불러줄까
모진 비바람, 눈보라 치는 한데에서 숨죽이고

마음 죄며 자신을 애써 지켜보지만
거추장스러운 화목 더미로 널브러진 신세
날마다 나뭇결 속속들이
썩어가는 고통을 면할 길 없다.

겉보기엔 멀쩡해도
눈비에 젖고 뙤약볕에 쬐이기를 몇 해
허리가 아프도록 뒤틀리고
거무스름한 곰팡이의 뿌리가 깊어
내던지면 힘없이 부스러지고
구들방 아궁이 장작불로도 타는 둥 마는 둥
불꽃은 시들시들
불쏘시개로도 쓸 수 없는 쪼가리 처지

비바람 피할 수 없는 세월에 내동댕이쳐서
부황이 들어 누릇누릇 탱탱 붓고 몸이 부서지고
습하고 구석진 그늘 밑에 너부죽이 늘어진 채
검버섯, 푸른 이끼, 나무좀과 함께 일생을 다하는 고목(枯木)
자신을 썩힐 만큼 썩히고, 속을 비우다가
흙먼지로 돌아가는 우리의 마지막 초상

고목(古木)

·

·

·

봄볕이 무르익을 무렵 잎가지 몇 개
쭈뼛이 움을 트고
세월을 손톱으로 긁으며
식물인간처럼 연명하는 나무

몇백 년의 세월이 할퀸 크고 작은 생채기와
세파로 굳은살을 훈장 삼아
메마른 나뭇가지마다 슬픈 기억을 주렁주렁 달고
겨우내 받침대에 턱을 괸 채
히죽이 세상을 굽어보는 고목(古木)

동지섣달 긴 밤
북풍에 떨며 지난날을 슬피 읊조리고
가쁘게 숨을 몰아쉬며
볍씨만 한 생명에 매달려
또 한해를 살아가는 나무

고공비행

·

·

·

묵직한 동체가 지상을 뒷발질하고 가파르게 솟구쳐 오르자마자
온몸이 의자 등받이에 밀착되고
우지직 으드득
밑바닥에서 찌그러지는 소리가 난다.
불안했던 마음은 더 높이 솟아오를수록
안정을 되찾고 잠잠해진다.
최고의 고도에 이르자 기내방송은 연실 하품을 하며
도착지 날씨와 항속 속도, 도착 시각을 쏟아낸다.
창밖 날갯죽지는 구름바다에서 유일한 생명줄
그 아래 멀리 잿빛 구름 틈에 언뜻언뜻
산인지, 들인지 알 수 없는 초록빛 벌판이 펼쳐지고
굽이굽이 감도는 강줄기는 바다로 이어가고
희끗희끗 도로망으로 나누어진
초록빛 논배미가 햇빛을 머금고 반짝인다.

하늘 위에 하늘이

구름 위에 구름이
성층권에 펼쳐지는 광활한 세계
머리 위로 빗살무늬 새털구름이 층층이 덮고
발밑으로 구름장이 무겁게 누워 떠받들고 있는 또 다른 세상
한참이나 망망대해를 지났을까?
상큼한 바닷가 냄새가
눈 안에 물씬 들이찬다.
멀찌감치 구릉지에 뭉게뭉게 피어오른 구름 사이로
햇살이 파고든 곳마다
파란 바다, 누런 모자이크 대지의 얼굴을 드러낸다.
비늘처럼 반짝이는 쪽빛 바다
둥둥 떠다니는 쉼표만 한 섬들
영롱하게 반짝이는 비늘 무늬 파도는
한 올 한 올 은색 실로 수놓은 한 폭의 자수
대지는 만화경과 같이 변화무쌍한 요술세계
편만한 강과 산
짙은 어둠이 드리운 계곡
실핏줄 같은 개울
옹기종기 모였다 흩어지는 마을
밭고랑 따라 오밀조밀 모인 빨갛고 파란 지붕들

어느 틈에 먹구름 소용돌이에 빨려들어
방향을 잃고 떠돌다 한참만에
어둠의 옷자락은 서서히 걷히고

절망스런 흑암에서 신천지가 찬란히 눈 아래 펼쳐진다.
바다색으로 둘러싸인 그곳은
꿈에 그리던 철옹산성의 요새요
평화로운 천년왕국의 자태요
빛에 둘러싸인 영원한 하나님의 나라라.
멀찍이 마천루가 즐비한 틈새 거리에서
은혜와 사랑이 충만한 찬양의 음표가
비누 거품처럼 날아오르고
논밭 길섶에 피어오르는 봄기운은
천사를 맞이하여 환호하는 광경이라.

바짓부리 걷어붙이고
호미랑, 괭이랑 어깨에 둘러메고
논밭 두렁을 한가로이 거니는 농부들의
흥겨운 콧노래가 가득 찬 농가의 하루
저기가 내가 있어야 할 곳
발을 붙이고 살아야 할 곳

어느덧 오금이 저리도록 지상에 가까워질수록
사시나무 떨듯 요동치는 동체
터빈엔진의 굉음에 라일락 향기 가득한 꿈길에서 깨어나
불현듯 불안과 갈등으로 후끈 달아오른 세상을 향해
나약한 존재의 자라목을 한 채
비장한 마음으로 하강을 준비한다.

눈 감으면 용광로 불구덩이처럼 순식간에
흔적도 없이 사그라트릴 세상을 향해

육중한 바퀴의 덜거덩거림이 그치기도 전에
잠시 동안 꿈에 서렸던 자리를 박차고 일어나
성난 승냥이마냥 좁은 통로로 한꺼번에 몰리는 승객들
웅성대던 소리도 잠시
긴장과 침묵에 파묻히고
한 발자국도 움직일 수 없는 대열 속에 멍하니 서서
빤한 기대와 기다림이 있을 세상에
괜히 마음만 설렌다.

유체이탈

·

·

·

광목으로 지은 수의를 입고
호흡하고 있어야 할 세상에 더 이상 없는 나
옴짝달싹할 수 없도록 염포로 옹치고 매듭진 채
두려움이 섬뜩 밀려오는 널빤지에 홀로 누워
표정없는 생면부지의 사람들에 들려 나간다.
사랑하는 가족, 친지들은 손으로 입을 가리고
넋을 잃고 울고불고
눈물범벅이 되어 상여꾼을 뒤따르며
눈에 익은 마을길을 돌고 돌아
산길로 휘청대며 행장 깃발이 줄을 따라 잇는다.

동구 밖 산바람은 상여꾼의 가슴에 파고들어
미처 나누지 못한 그리움과 아쉬움을 상엿소리로 주고받으며
딛는 걸음마다 눈물로 적신다.
마지막 행구를 꾸리는 갈림길에서
속살이 빠져나간 게 모양 껍질로 남겨진 나

회다짐 끝 무렵
석양이 뉘엿뉘엿 저물면
세상을 향해 아쉬운 작별을 고하며
매정하게 혼잣소리로 중얼댄다.
"잘 있어요, 편히 쉬세요."

내가 있어야 할 빈자리에서 속절없이 한숨이 오고 갈 즈음
그제야 내가 세상에 없음을 아는 그들
나는 허공에 손을 허우적대며
다시는 없을 이 세상을 등에 지고
발을 한 발자국씩 깊숙한 심연으로 내딛는다.

문배마을로 가는 길

·

·

·

아름드리 키 높은 나무들이 빽빽한 원시림 산등선에
헐벗은 나뭇가지 틈 사이로
영롱한 아침 햇살이 눈을 비비는 한적한 숲길
산사람의 발밑에 바삭거리는 가랑잎 소리가
천 년 전 잠든 지층의 찬연한 소리로
메아리 되어 울리는데
수북한 낙엽을 헤치고 미끄러질 듯 산등선에 오르면
밤새껏 뿌린 겨울비가 허연 성에로 나뭇잎에 서려
살포시 밟는 걸음마다 사각사각 신음을 낸다.

해발 520미터 봉화산 발치에 아득히 펼쳐지는 낙원
임도를 따라 발길을 재촉하여 도달한 문배마을 어귀엔
회오리치며 구르는 갈잎만 쓸쓸히 나그네를 맞고
출렁이던 누런 갈대밭은 오간 데 없는데
휑하니 뚫린 논밭 두렁엔 살을 에는 삭풍만 쓸고 지나간다.

문배마을 가는 길은
참고 참았던 겨울이 호젓이 눈을 뜬 오솔길
귀가 시리고 손가락이 곱도록 인적이 그리웠던 겨울 길
누구에게는 추억이 쌓이고
누구에게는 다시 걸어볼 수 없는 아쉬움의 길
문배마을로 가는 길은
몹시도 추운 날이었다.

꼭 그런 것만은 아니다

.

.

.

창수가 나도 물이 땅속 깊은 곳까지 적시지 못하듯
세상만사가 겉으로 보이고 생각대로 되는 것만은 아니다.

의사가 있다고 꼭 고침을 받는 것이 아니고
의사가 없다고 고침을 못 받는 것도 아니고

건강이 생명을 지켜주는 것만이 아닌 것처럼
질병이 생명을 앗아가는 것만도 아니다.

없다고 해서 궁핍하고
있다고 해서 부유한 것도

침묵한다고 생각이 없고
표현한다고 지혜가 있는 것도 아니다.

남들 보기에 나쁜 일을 한다고 악하고

좋은 일을 한다고 꼭 선한 것만도 아니고

배를 주린다고 먹을 것이 없어서가 아니고
과식한다고 먹을 것이 넘쳐나는 것만도 아니듯

진정한 자유는 속박에서 벗어남이 아니라
통제와 억압 안에서 찾는 것이다.

지금 내가 살아있다고 해서 꼭 고마워해야 할 일인가?
죽음에 임했다 해서 슬퍼해야 할 일인가?
모두 편견이고 기우에 지나지 않는다.

활시위를 푸는 까닭

.

.

.

팽팽하게 활시위에 메긴 세월들
내일을 향해 화살을 날리기 위해
오늘의 활시위를 느슨히 푼다.

뜰에 나가 꽃가지를 꺾어 들고
호젓이 돌담길을 걷기도 하며
하늘을 한 움큼 쥐어 짜내어
뚝뚝 떨어지는 파란 마음으로 목도 축이고

푸른 들녘에 나가
한 됫박 따사한 햇살 구슬을
싱그러운 생명줄에 알알이 꿰어
목에 거는 꿈도 꾸며

시종 긴장된 마음을 탈탈 털고
내일의 아름다운 조율과 팽팽한 새 힘을 위해
나는 오늘의 활시위를 느슨히 푼다.

4부 만남과 이별

피를 말리고, 마음과 정신을 쥐어짜서
한 줌의 군내도 남기지 않고
한 터럭만큼의 고통도 남기지 않고
또 하루
평온히 사해(死海)를 노 저어 갈 수 있다면
오늘도 내 마음의 내 모습을 그려가며
잠에서 깨어나지 않고 싶어라.

배움의 터

·

·

·

누구나 할 수 있는 불평, 시기, 탐냄을 아문들 못하랴!
그렇지만 아무나 사랑하고, 배려하고, 인내할 수 있으랴!
누구나 할 수 있는 것 하지 않고
누구나 할 수 없는 것 하자고
대쪽같이 절도(絕島)에 은둔한다 해도
속물근성 떨치지 못해
세상에 빠져 쥐락펴락하고 싶은 마음에
함께 돕고 사랑을 심어도
허울 좋은 위로요 자기 도피요 자격지심일 뿐.
기회는 지나가는 바람결 같고
소욕은 손가락 사이로 빠져버리는 한 줌의 모새와 같은 것.
누구나 할 수 있는 것 하지 않고
아무나 할 수 없는 것 하자는
배움의 터,
그것은 시작도 끝도 보이지 않는 광활한 사막에서 사는
인고의 삶터인 것을 아는가 모르는가?

십여 년 전이나 지금이나

·

·

·

한 친구가 술독에 빠져 차가운 방구들 윗목에서 얼어 죽었다.
그것도 십여 년 전
그즈음 나는 그를 보고
"이젠 그만 술독에서 빠져나오라."고 뼈아픈 소리를 거듭했다.
"오래 살려면…."
그러나 들은 척도 하지 않던 그는
어느 겨울날 들리는 바람 소리에
홀로 냉골 윗목에서 얼어 죽었다고 했다.
십여 년이 지난 오늘
그가 살아있다면 지금쯤 어찌 되어 있을까?
나는 그가 죽은 후에도 힘들게 10년을 더 버티었는데
그때나 지금이나 조금도 달라진 게 없는 나
그가 없다는 것 이외에
힘든 시간과 고통을 그럭저럭 이겨냈다는 이력뿐
세상도 나도 여전히 그대로이다.

그가 살던 아파트도
거기로 오르막길도
울타리 곁으로 난 좁은 담장 길도
그는 없어도 여전히 그대로다.
비록 그가 살아있다 한들 그대로이다.
살던 아파트 입구 상가에 붙은 허술한 양철 간판도
예나 지금이나 바람에 한가롭게 펄럭이고
자전거 세움대도
밝게 웃으며 배웅하던 아파트 입구 계단도
내게 그대로이듯 그에게도 그대로일 것이다.
다만 그가 아침저녁으로 즐겨 다닌다던 산허리 산책로는
두 토막으로 잘려서 도로가 뚫렸다는 것 이외에
그는 여전히 밤낮으로 술독에 빠져있을 것이다.

너니 내니 싸우는 세상이 그대로인 것처럼
십여 년 전에 죽은 그나
지금까지 살았을 그나
달라진 게 없을 그는
그때에서 벗어나지 못하고
낫살만 먹고 술병을 껴안은 채
얼어 죽은 방구들에서 뒤척이며
자신과 씨름하고 누워 있을 게다.
억척스럽게 살려고 몸을 뒤틀어대며
두 손 모아 기도하고 몸부림치던 그였지만

살아본들 십여 년 전이나 그 후 지금이나
조금도 달라진 게 없을 그의 삶
일생을 약탕관에 넣고 끓여
삼베조각에 담아 쥐어짜면 찌꺼기만 남을 뿐인 인생
그것만으로도 감사하고
숨이 붙어있는 것만으로
내일을 굳게 믿었던 그였지만
오늘이나 내일이나 매한가지로
밤과 낮, 어둠과 밝음으로 연결된 하루이기에
술독에 빠져 일찌감치 죽기를 잘했다 싶다.
십여 년 전부터 지금까지 기껏 살아봤자
모두 그저 그대로이기에.

〈박일수 권사를 기리며〉

어쩌다가 잃어버린 당신

·

·

·

방금까지 자동차 옆자리에 앉아 하얀 이를 드러내고 해맑게 웃
으며 다정했던 당신.
어쩌다가 한 줌의 재를 가슴에 안고 기억을 털어내는 노년의 남자.

"내가 당신과 같이했던 때
머물렀던 곳곳마다
해면처럼 기억을 빨아들이고
시간 사이사이마다
아직도 따뜻한 당신의 체온이 빽빽하게 꽂혀 있는데
나는 아무도 없는 빈 거리에 우두커니 서서
기억의 이삭을 주우며 사면을 둘러봅니다.

당신과 함께 머물렀던 자리는 비바람에 씻기고
다시 붙들고 설 만한 형적을 잃어버렸기에
허깨비처럼 발을 헛디디고 균형을 잃어 기우뚱거리며
하루의 힘든 시간을 보내야 하는 그가

당신을 찾아 헤맬수록 함께한 시간은 멀어만 가니
채우지 못하고 남겨 둔 마음의 빈자리는 어디서 메워야 하나
요."

노년의 남자는 헛헛한 그리움에,
미처 다하지 못한 사랑과 미움에,
보고 싶은 안타까움에,
잊고 덮어버리고 싶은 마음을 이기지 못하고
잠자리에 들어서 흐느껴 속삭입니다.

"아, 모든 게 꿈이라면 얼마나 좋을까?
여기까지 함께 살아온 당신이었는데…
당신이 숭숭 빠진 기억 사이로 찬바람만 나듭니다.
마음마다 생각마다 잘잘하고 포근한 당신의 세심한 마음
앞으로 당신과 함께 더 산다 해도
당신에게 여전히 부족한 나이고
그리움만큼 잊어야 할 당신이기에
절뚝거리며 걸어온 만큼 구멍이 커질 뿐입니다.
당신은 바로 내가 살아온 길에 찍힌
작고 어여쁜 발자국이었습니다.

– 부인을 떠나보낸 어느 노년의 남자에게 –

입원비 아끼려다가

.

.

.

오늘 새벽녘에 한 사람의 죽음 소식이 가까운 병원에서 들려 왔다.
혈액투석실 앞에서 꼬꾸라져 들것에 실려간 한 남자의 소식을.
그는 투석 대기표를 손에 꼭 쥐고
살자고 이른 꼭두새벽에 병원을 찾았다가
병실복도 차가운 의자에서 허망하게 쓰러졌다.
주위에 사람들이 웅성거리고 있었지만 아무런 도움이 되지 못했다.
죽음 앞에서는 사람이 많고 없음은 문제가 아니었다.
모두 자기 외에는 거들떠보지 않고 무관심했던 그들
자기 길만 유유히 걸어서 세상의 뒤란을 빠져나가기 바빴다.
가족 친지에게 인사치레도 한마디 못하고
삶의 두꺼운 벽을 뚫고 죽음으로 담담히 옮겨간 그 남자
한 번의 아쉬움도, 기다림도, 주춤거림도 없이 보라는 듯이
주말 병상 입원비 몇 푼 아끼려다 죽음에 목숨을 팔아넘겼다.
생명의 대기표, 차 열쇠, 몇 장의 지폐와 동전을 손에 꼭 쥔 채
삶에 지쳐버린 몸뚱이를 병실바닥에 아낌없이 내동댕이친 남자
그는 먼 길을 홀로 쓸쓸히 떠났다.

이른 아침에 걸려온 한 통의 전화
한 남자의 덧없는 죽음
이루지 못한 욕망과 비련의 십자가를 등 뒤에 지고
삶의 나루터에서 불귀의 쪽배로 갈아타고
되돌릴 수 없는 시간 속으로 외롭게 떠난 그 남자
"죽고 사는 것은 다 내 팔자지."
생시에 웅얼거리던 말 한마디 남기고….

〈장기호 장로를 추모하며〉

토라진 얼굴

· · ·

백지장처럼 창백한 얼굴
화실 가운데 놓인 흉상처럼
근엄하게 꽉 다문 입술
지그시 감은 퀭한 눈
그러나
당장에라도 입담을 늘어놓고
밝은 웃음을 쏟아낼 것같이 친근한 얼굴
무엇 때문에 토라졌는지 하룻밤 사이에 안면을 몰수한 그

염습실에 몇 안 되는 인척들이 사과라도 할 양 줄레줄레 둘러서서
마음을 돌려보려고 마지막 인사를 나누지만
계면쩍게 우물우물 한마디씩 던지는 흐릿한 말끝에
시큰둥하여 듣기만 하는 그의 냉랭한 표정
누구도 더 이상 입을 떼지 못하고
흐르는 적막 속에
번뇌로 더럽혀진 마음에서 깨어나도록 숙연히 던진 외마디 꿍음

"형님, 천국에서 만납시다."
마치 알았다는 듯이 고개를 돌려
눈을 번쩍 뜨고 바라볼 것 같은 얼굴
열어두었던 귀를 마침내 닫고 깊은 묵상에 잠긴다.
그는
이승에서 밀려오는 침묵을 제치고
외로움으로 흠뻑 적신 심신의 피로와 슬픔과 고통을 넘어서 운
을 뗐다.
"세상은 한 편의 미완의 시와 같은 게여."
멋쩍은 얼굴로
생명의 유혹을 거부한 채
평생에 처음으로 평온하게
가없는 안식을 취하러
더 이상 세상은 거들떠보지 않고
널을 닫고 조용히 십자가 휘장 밑에 들어가 누웠다.

〈장기섭 성도를 기리며〉

자화상

·

·

·

바람의 목마를 타고 와서 웃는 너의 작은 미소
일렁이는 어둠을 밀치고
터벅터벅 창가로 다가와
바르르 떠는 입술을 지그시 깨물고
이별을 전하던 너
이름만 떠올려도 안쓰러움에
눈시울이 촉촉이 적셔오는데
잠에서 깨어나 눈물로 얼룩진 커튼을 열고
떠나는 널 차마 바라볼 수 없어
눈을 감고 참았던 눈물을 왈칵 쏟아낸다.

생각만 해도 두근거리는 가슴에
그리도 행복했던 시간들
이젠 눅눅한 기억의 다락방
아무도 들여다보지 않는 침침한 구석빼기에
두루마리로 둘둘 감아 꼭꼭 숨겨둔 너를

더는 버려둘 수 없어
생각을 박차고 널 찾아 나선다.
여명으로 촘촘히 누빈 새벽녘에
밑바닥이 보일 때까지 기억을 풀치고
혼미한 채로 거리에 나서서
널 그리워한다.
너는 나의 자화상이기에….

옥수수 파는 여인

·

·

·

오전 10시 40분경,

나는 세상에서 지금보다 더 좋은 것을 얻으려고 청평 시외버스 터미널에서 승합차를 얻어 타고 강남기도원으로 간다. 길 건너 도로변, 인도도, 갓길도 따로 없는 4차선 차도 다리 위에서 달리는 차를 향해 옆구리에 불룩한 가방을 멘 한 여인이 위험스럽게 비닐봉지 하나 꺼내 들고 허공을 향해 손짓하며 흔들어댄다.

차창 안에선 들을 수 없는 함성을 외치는 입술만 보인다.

"옥수수 사세요. 한 봉에 오천 원!"

도대체 나는 무얼 하는 건가?

어디로 가고 있는 건가?

생계를 위해 싸우는 저들의 외침을 외면하고

나 혼자 세상의 은혜를 독차지하고자

축복을 받고자, 평안을 얻고자

오후 3시경, 거리는 살아있는 아침 시간을 뒤로하고

오수가 느긋이 찾아올 즈음

나는 허겁지겁 시간에 맞춰
승합차로 다시 청평 전철역사 플랫폼으로 돌아왔다.
높은 역사 위에서 선로 아래로 멀리 내려다보이는 팔각정 앞에는
집채보다 큰 느릅나무 한 그루가 시간의 물결과는 무덤덤하게
짙은 초록빛을 띠고 여전히 서 있다. 작년처럼.

불과 몇 개월 사이에
올 때마다 들렀던 읍내 커피 가게는 문이 닫혔고
모델링을 마치고 새로운 주인을 기다리고 있었다.
역사 앞에 썰렁했던 논두렁과 논바닥은 흙더미로 덮여
아파트 모델 하우스가 들어섰고,
주변의 빈터는 임시 주차장으로 변해 있었다.

잠시 눈에서 멀어지면 야금야금 세월에 밀리고 갉아 먹히며
바뀌는 세상
자연은 파헤쳐지고 훼손되고
환경은 빠르게 변화되어 가는데
사람 모습은 여전히 모질고 일그러지고
감정 없이 꺼벙하게 세상을 묵묵히 내려다본다.
어떻게 되어 가는지 두고 보자며
기대로 부풀어 아침부터 술렁이던 마음도
받았던 은혜도 평안도 축복도 돌아가는 길 위에
뿌리고 툭툭 털어버린 하루였다.

1. 아쉬운 떠남

세상일이란 주어진 상황에 따라 피하지 않고 맞춰 살면 된다고 마음을 정리하려 하니, 아쉬운 것들이 한두 가지가 아니다. 그렇다면 이 아쉬움을 어떻게 풀어낼 수 있을까? 안타깝지만 끝까지 버티다가 불면증이나 스트레스를 해결하듯이 자신이 잊을 수 있는 일부터 하면 되지 않을까? 할 수 있는 일도, 생각도, 마음도 기력이 쇠하여 의욕도 떨어졌으면 아쉬운 것들을 손쉽게 포기하면 된다.

요즈음 사람들은 누구나 간특하게도 말은 그럴싸하게 하지만, 백지장에 찍힌 점과 같이 앞뒤로 행함의 흔적이 보이지 않는다. 나는 오늘의 나를 찾으려 안간힘을 쓴다. 그래도 아쉬움에 대한 해결책은 보이지 않는다. 이미 지나버린 것은 가슴에 품고, 망막한 고향길을 더듬어 묻고 물어 찾아가는 것만이 나의 유일한 길이다. 그 길은 나에게 아쉬움이 흠뻑 젖은 감사의 길, 곧 감사의 시작이고, 감사한 나날이었고, 감사의 끝자락이 보이는 길이다.

나는 내 존재 자체가 행복이고, 감사였음에 여태까지 나의 고삐를 죄고 채찍질하며 아쉬움으로 가파른 언덕길에 꾸역꾸역 올라섰다. 목적지가 어디인지도 모른 채 입맛에 씁쓸하고 달달한 아쉬운 기억들을 입 안에 털어넣고 씹으며….

그러나 정지 점에 이르러 내려다보면 밑바닥 깊숙이 파인 골짜기에는 감사와 기적들이 가득 쌓여있다.

나는 휴일에 아파트에서 한가로이 넓은 학교 운동장을 내려다보며 들통을 매고 공사판에서 쉬지 않고 움직이는 피곤한 개미의 삶을 본다. 저들은 맡겨진 고난을 피하지 않고 묵묵히 같은 길을 덧칠하며 끊임없이 오가는 모습을 지켜본다. 세상은 저들의 움직임을 끔찍이도 사랑하며, 본능적으로 자신의 분신을 찾는 삶에 고개를 숙인다.

이제 나는 아쉬움을 뒤로하고 사랑했던 것, 그리워했던 것, 아름다웠던 것, 아프고 고통스러웠던 것 죄다 가슴에 품고, 나를 먹먹하게 맞이해줄 행복한 고향길로 초연히 떠날 준비를 한다.

귀향길에서 나는 더 아쉬워할 것도 감사할 것도 따로 필요 없었다. 우직하게 살아가는 길이 곧 아쉬움이자 감사이고, 일찍이 깨닫지 못한 기적의 흔적들이기 때문이다.

내가 살아가는 온갖 사리(事理)에는 감사가 깃들어있었고, 눈물겨운 기적을 쌓아놓은 분봉들이 있었다.

2. 빈축을 산 내 모습

어느 날 나는 기승을 부리던 무더위를 피해 새벽녘에 기도회를 마치고 교회 현관을 나설 때, 주차장에서 안면이 없는 주민 한 사람을 만나 눈으로 인사를 나누었다. 그는 나의 가벼운 옷차림새에 마뜩잖은 표정으로 아래위를 훑어보고 주객이 바뀌어 말을 걸어왔다.

"교회에 다니세요?"

이날은 아침부터 더위가 푹푹 쪘다. 그는 마치 불쾌지수를 알리기라도 하듯이 반쯤 시비조로 무뚝뚝하게 물었다. 아침부터 더위를 피해 산책하러 나왔다가 교회 주변을 걷는 중이었다. 교회에 관심이 있는 말투로 오인한 나는 교회에 한번 들어가보지 않겠느냐고 제안을 했으나, 들으라는 듯이 대꾸했다. 어느 날 그는 한번 주일에 교회 안으로 들어갔었는데 현관부터 까만 정장 차림의 안내인이 엄숙하게 현관문 앞에 길게 늘어 서 있었다며, 교회 분위기에 중압감을 느꼈다고 했다. 그리고 나를 향해 비아냥거리기라도 하듯이 "교회에서는 새벽 예배에 반바지 차림을 해도 되느냐?"며 의아스럽다는 듯이 물었다. 그리고 나의 빈손을 보고 "성경책이 없어도 되느냐?"며 마치 나를 견책이라도 하는 것처럼 사사건건 내 모습이 그의 눈에 거슬렸던지 책을 잡고 늘어졌다. 그는 아침부터 정장 차림의 교인, 엄숙하게 성경을 든 경건한 모습만이 교인이라고 기대하고 있는 듯했다.

성경책은 스마트폰에 들어 있고, 무더위 탓에 반바지 차림을 했노라고 구차히 변명했으나, 어쩐지 찜찜했다. 그의 질문을 받은 후 나는 형식적으로나마 앞으로 겉으로 경건한 모양새에도 신경을 써야겠다는 생각이 들었다. 반바지 차림과 스마트폰 성경이 신앙생활과 무슨 문제이랴 싶었지만, 불신자에게 흠 잡힐 빌미를 줘선 안 되었다. 나는 아침저녁으로 교회에 오가는 길에도 경건의 모습으로 사람들에게 본을 보이기 위한 옷차림, 성경책도 들고 다녀야겠다는 생각의 필요성을 느꼈다. 아침에 잠시 벌어진 촌극이었지만, 그는 내가 일찍이 겪지 못한 믿음에 대한 다른 깨달음을 일깨워줬기 때문에 감사했다.

많은 사람들은 자신의 기준으로 믿음의 형제들을 판단하고 말꼬리를 잡고, 매의 눈으로 일거수일투족을 주시하거나, 어쭙잖은 잣대로 신앙인을 비판한다는 생각에 움찔했다. 그들은 신앙의 자유로운 길목을 가로막고 서서 마치 거룩하고 신성한 믿음의 표상을 구가하는 전형적인 모습을 하고, 자신만이 거룩하고 남들을 비난의 타깃으로 삼는 바리새인과 같은 사람들이었다. 이들은 남들을 자기 가치에 따라 판단하기 좋아하고, 잘잘못을 가리고, 시시비비를 따지며 세상을 자신의 기준에 따라 한바탕 흔들어보려는 일부였다.

이후로 나는 사람들 눈에 튀지 않고 빈축을 사지 않는 평범한 이웃으로 살아가기 위해 몸과 마음을 추스르고, 부끄럽지 않은 신앙인의 모습으로 본향 길을 찾아나섰다. 그리고 생활에 한 틈의 부끄러움도 남기지 않기 위해 단아하게 옷매무시를 가다듬었다.

오늘 아침에 만난 사람은 내가 평소에 소홀히 하기 쉬운 믿음의 귀한 결이었다.

알고 보면 생활은 언제나 감사를 낳고, 감사는 일상 기적을 낳는다. 수백 년이 넘는 역사 속에 기적은 일 초 일 분도 쉬지 않고 면면히 세상에 감사와 함께 살아있었다. 그중에 우리는 기적을 지키는 하나의 뿌리였고 새순을 내는 가지였다.

입에 붙어 다니는 불평불만은 감사와 기적을 역류시키고, 부정한 마음과 독이 담긴 말로 우리의 영혼을 피폐할 대로 피폐시킨다. 그러나 이에 반해 온유와 사랑과 기쁨의 마음은 긍정적이고 선한 마음을 세상에 순류시킴으로 아름다운 감사와 기적의 아성(我城)을 쌓아갈 것이다.

3. 혜안 같은 궤변

나에게 더는 생각도, 마음도, 기억과 추억도 쏟아낼 힘이 없다. 오로지 '어떻게 해야 내 여정을 고통 없이 편히 끝낼 수 있을까?' 하는 생각으로 가득하다. 아침 일찍 일어나 거울을 들여다보면 얼굴에서 검은 그림자가 점점 짙게 낀다. 이런 와중에도 오래 살겠다고, 남보다 잘났다고 아우성이다. '그래도 기껏해야 백세!'라며 나는 초인처럼 속으로 웃어 보인다. 하지만 살 바에야 사는 동안 부티 나고, 잘난 티 내고, 건강하고 매끈하게, 하고 싶은 일을 골라 하며, 손 벌리지 않고, 조금이라도 남 보기에 떵떵거리며 살고픈 것이 나의 바람이고 욕심이다. 그래서 오늘도 보잘것없는 거죽떼기를 쓰고, 잘난 척, 남들이 알아주길 바라며, 대우를 받고, 속 빈 강정처럼 한마디로 세상에 대놓고 실컷 되지도 않는 소리로 떠들어야 만이 속이 후련하다. 진리 같은 세상 말들을 주워 모아 기회만 되면 세상을 향해 소리치고, 손으로 머리를 쓸어넘기며 멋쩍게 빈 하늘을 향해 흥얼거린다.

하지만, "누가 머릿속 이야기들을 조곤조곤 들어줄까? 나는 광야에서 얼마나 큰 소리로 목 놓아 소리쳐야 할까?"

사람들 사이에서 자기 딴에는 고명하다는 유명세를 탄 사람이 어느 날 TV 앞에 얼굴을 내밀고 젊은이들과의 대담 중에 너무나 당연한 이야기로 관객에게 웃음을 던지고 마치 대단한 혜안이 담긴 답인 것처럼, 큰 숙제를 풀어낸 것처럼 어깨를 으쓱거리며 목청을 돋운다. 그러나 어느 순간에 자신의 행태가 멋쩍고 쑥스러웠던지, 아니면 답변이 스스로 생각해도 우스꽝스러웠던지 허탈하게 히죽이 웃고 한동안 말을 잇지 못하고 한동안 청중들을 주시한다. 그의 대답이 바르고 틀리고는 중요하지 않았다. 다만 청중들에게 마치 선문답(禪問答)처럼 들렸다는 것이다.

"선생님, 선생님은 사시며 스트레스를 받지 않으신가요?"

그는 웃으며 "나는 혼자 살고, 가족도 없이 나만 생각하며 사는데 무슨 스트레스를 받을까?"라며 하회탈 모양으로 웃으며 즉답을 피했다.

그의 대답이 마치 정답인 것처럼 변죽이라도 울리듯이 방청객도 허탈하게 따라 웃었다. 스트레스가 마치 거식증처럼 들리는 그의 논리에 어폐가 있다고 느꼈던지, 스트레스 해법에 동조하기가 어려웠던지 방청객 한 사람이 질문했다.

"그래도 스트레스가 있다면 어떻게 해결을 하나요?"

"그까짓 것 간단하지. 스트레스가 있는 일을 만들지 않으면 되지. 여러분에게는 뭐가 스트레스로 작용하지?"

"시간에 쫓기고, 할 일이 많아서?"

"그렇다면 잠 안 자고 밤새워 해결하면 되지 않을까?"

너무나 당연한 대답에 히죽이 웃어 보이지만, 어쩐지 얼굴이 마른 빈들 같았다. 소위 고명한 사람의 혜안이라고 생각하기에는 어처구니가 없었다. 그건 억지이고, 한편 대답을 위한 궤변에 지나지 않았다.

"그것도 능력이 따라줄 때 말이지…."라며 토를 달았다.

나 또한 속으로 피식 웃고 말았다. 그래도 이루지 못할 일들이 있기 마련인데 남의 일이라고 저리도 쉽게 대답을 해도 되는 건가?

일찍이 내가 불면증으로 고생하던 때, 불면증에서 어떻게 하면 벗어날 수 있을까 일찍이 나 스스로 간단하고도 깔끔하게 자문하고, 무책임한 자답으로 피해갔던 적이 있다.

내 대답도 그의 대답만큼이나 간단했다. 잠이 오지 않으면 자지 않으면 되고, 잠이 오면 그때 잠을 자면 된다는 것이 나의 대답이었다. 깊이 잠들지 못하면 몸과 정신의 생체리듬이 깨지고 자연히 스트레스와 피곤이 쌓이고, 그러다 보면 잠이 언젠가 찾아올 테고, 그때 잠을 자면 된다는 극히 간단한 답이었다. 긴박하고 긴요하면 그때 주어진 상황에 맞도록 살아가면 된다는 것이 나의 묘방이었다.

생각해보니 내 묘방이나 고명하다는 선생의 선문답이나 하등 다를 바가 없었다. 나는 지난날의 아쉬움으로 밤잠을 이루지 못하면 눈을 멀뚱멀뚱 뜬 채 잠꼬대하듯이 이 모양 저 모양으로 생각을 깁고 이어가며, 긴 밤을 꼬박 새우고, 노곤한 몸의 피로를 이끌고 어느 순간 비몽사몽간에 불면증을 떨쳐버리면 되었다.

앞마당에 멍석을 깔아놓고, 그 위에서 먹고 자고 뒹굴고 놀고 엎치락뒤치락하던 때가 그립고 아쉬우면, 나는 그동안 쌓아놓은 정이 녹아난 기억을 가슴에 품고 막연히 떠날 준비를 한다. 이때 나는 삶의 이정표를 확인하고 푯대를 꽂고 내일의 출발점을 확인한다.

흙냄새가 풍기는 마당에서 해가 지면 친구를 동구 밖까지 배웅하고 헤어지는 아쉬움에 서로 부둥켜안고 눈물을 흘리던 때로 돌아가 오늘의 나를 찾는다. 그리고 삼판 트럭이 흙먼지 날리는 신작로가에서 구슬치고 딱지치기하며 히히대고, 여자아이들의 고무

줄놀이 줄을 끊고 달아나던 때가 엊그제 같은데, 올망졸망한 기억 속을 거닐며 들로 산으로 뛰놀던 코흘리개 친구가 보고 싶어 푸석푸석한 발자국 흔적이 어렴풋이 남아 있는 기억 속을 맴돌며 찾아 헤맨다.

보고 싶은 친구들에 대한 그리움에 마음의 초가집들이 옹기종기 모여 있는 마을길을 떠올리며 망연히 하늘가를 서성인다.

이제껏 책상서랍 속에 잠든 반질반질한 공깃돌을 만지작거리며, 모든 어려움을 이기고 믿음으로 일궈놓은 오늘의 기쁨과 기적에 나는 감사할 뿐이다. 하나님의 사랑이 영글어 기적을 이루고 꿈꾸는 이 시간에 감사하다는 말 이외에 무슨 말이 필요할까?

4. 내가 가야 할 그곳

바람 깃 나뭇가지에 걸려 나부끼고
아득히 서리꽃 만발한 언덕에
형형색색 빛은 시들고
어둠이 산산이 흩어질 때

만장 행렬 앞세우고
상두꾼의 요령소리 자진소리 따라
행상의 발걸음 머무는 곳마다
술잔 부어놓고 쉬어갈 때

눈물과 웃음이 녹아난 얼굴
울고 웃는 환영들이 하늘에서 손짓한다.

석양에 붉게 그은 산기슭
마을이 내려다보이는 지척에 마련한 쉼터
무덤을 달구질하는 소리
처량하게 메아리치고
희미하게 잦아들 때
음산한 어둠의 그림자가 길게 늘어지는 외로운 곳

편안히 영혼의 눈과 귓문 열어놓고

가슴에 남은 마지막 호흡을 내쉬며
밤새도록 목 놓아 슬피 울어도
듣는 이,
돌볼 이,
아무도 없는 빈들
내가 가야 할 곳

5. 맺는말

몸에서 벗기고 또 벗겨도 밀리는 것이 때이고,

사랑은 해도 해도 언제나 부족하고,

삶은 살수록 죽음의 굴레에서 벗어나지 못하고, 죽음의 계곡으로
빠져들고 오늘 하루를 살수록 지난날에 빠져 연민의 정을 느낀다.

사람은 아무것도 완벽하게 할 수 없는 것이 본성인가 보다.

먹어도 먹어도 만족하지 않는 것이 식욕이고,

채우고 채워도 절대 채워지지 않는 것이 마음이듯이

털고 털어도 또 털리는 먼지와 같은 욕심, 그리움, 아쉬움이 남는
오늘의 나를 돌아보며 삶의 팔부능선을 넘어 외딴 길로 들어선다.

문뜩 침잠하는 가운데 어디선가 들리는 소리.

우주의 소리, 마음의 소리, 자연의 숨소리.

연약한 숨기운과 손끝을 통해 우주가 열리고,

마음을 통해 세상이 열리고

선과 악이 폭포수와 같이 쏟아져내린다.

나는 우주의 별빛이 흐르는 소리에 잠이 깨어 귀를 기울인다.

눈이 내리나?

비가 오나?

별빛과 달빛이 쏟아지나?

나는 귀를 의심하며 세상창문을 비스듬히 열고 귀를 기울인다.

그건 마음의 소리, 생각의 소리, 광활한 우주공간의 소리, 영혼

의 소리, 사랑의 소리, 흑암의 소리였다.

산문은 나의 생활과 사건 중심보다 깊은 생각의 소리에 뿌리를 내리고자 했기에 빈틈없는 문어(文語)의 끊임없는 조율로 복잡하고 다양하게 많은 부분을 교정하고 수정하게 되어 편집에 많은 어려움이 따르게 되었음에 죄송할 뿐이다.

단 한마디로 변명하자면 탈고한 원고는 읽고 또 읽어도 언제나 교정과 수정이 되어야 했다는 것이다.

끝으로,

생각 나눔을 위해 수고하시는 이기성 편집장님과 교정을 진행하신 임용섭 주임님, 그리고 편집에 수고하신 이민선 선생님께 감사의 말씀을 전합니다.

감사와 기적이
가득한 귀향길

펴 낸 날 2018년 12월 17일

지 은 이   노희영
펴 낸 이   최지숙
편집주간   이기성
편집팀장   이윤숙
기획편집   이민선, 최유윤, 정은지
표지디자인 이민선
책임마케팅 임용섭, 강보현
펴 낸 곳   도서출판 생각나눔
출판등록   제 2008-000008호
주   소   서울 마포구 동교로 18길 41, 한경빌딩 2층
전   화   02-325-5100
팩   스   02-325-5101
홈페이지   www.생각나눔.kr
이 메 일   bookmain@think-book.com

- 책값은 표지 뒷면에 표기되어 있습니다.
  ISBN 978-89-6489-930-4   03810

- 이 도서의 국립중앙도서관 출판 시 도서목록(CIP)은 서지정보유통지원시스템 홈
  페이지(http://seoji.nl.go.kr)와 국가자료공동목록시스템(http://www.nl.go.kr/
  kolisnet)에서 이용하실 수 있습니다(CIP제어번호: CIP2018039148).